सुकुल की बीबी

(चार कहानियाँ)

श्री सूर्यकान्त त्रिपाठी 'निराला'

सुकुल की बीवी

सुकुल की बीवी

सूर्यकान्त त्रिपाठी 'निराला'

GYAN

Published by

Gyan Publishing House
5, Ansari Road
Daryaganj, New Delhi-110002
Phone: 011-47034999, 9811692060
E-mail: books@gyanbooks.com

Distribution Network
gyanbooks.com
India, USA, Canada, UK, Australia

ISBN: 978-93-7225-112-8 (PB)

First Published, 1890

2nd Impression 2025

Printed at: Gyan Press, Delhi.

सुकुल की बीवी

Arthur: सूर्यकान्त त्रिपाठी 'निराला'

निवेदन

'सुकुल की बीबी' मेरी कहानियों का तीसरा संग्रह है। इसमें तीन कहानियाँ इधर की और अन्तिम 'क्या देखा' मेरी पहली कहानी है जैसा इसकी पादटीका में सूचित है। यह अन्तिम कहानी 'मतवाला' में १९२३ ई० में निकली थी। कुछ परिवर्तन मैंने कर दिया है, पर हृदय-गत भाव वही हैं। लोगों को एक निर्णय और निश्चय की सुविधा होगी। यह कहानी पहले उत्तम पुरुष से चली है बाद को तृतीय पुरुष में बदल गई है; यह जितना दोष है, उतना ही गुण। मेरा विचार है, कहानियों से पाठक-पाठिकाओं का मनोरञ्जन होगा। कथा, साहित्य और कला की प्यास कुछ बुझेगी। इति।

लखनऊ
१०-२-४१

'निराला'

क्रम

सुकुल की बीवी

बहुत दिनों की बात है। तब मैं लगातार साहित्य-समुद्र मंथन कर रहा था। पर निकल रहा था केवल गरल। पान करनेवाले अकेले महादेव बाबू ('मतवाला'-संपादक)।—शीघ्र रत्न और रंभा के निकलने की आशा से अविराम मुझे मथते जाने की सलाह दे रहे थे। यद्यपि विष की ज्वाला महादेव बाबू की अपेक्षा मुझे ही अधिक जला रही थी, फिर भी मुझे एक आश्वासन था कि महादेव बाबू को मेरी शक्ति पर मुझ से भी अधिक विश्वास है। इसी पर वेदांत-विषयक नीरस एक सांप्रदायिक पत्र का संपादन-भार छोड़ कर मनसा-वाचा-कर्मणा सरस कविता-कुमारी की उपासना में लगा। इस चिरंतन चिंतन का कुछ ही महीने में फल प्रत्यक्ष हुआ; साहित्य-सम्राट् गोस्वामी तुलसीदासजी की मदन-दहन-समय वाली दर्शन-सत्य उक्ति हेच मालूम दी, क्योंकि गोस्वामीजी ने, उस समय, दो ही दंड के लिये, कहा है—'अबला बिलोकहिं पुरुषमय अरु पुरुष सब अबलामयम्।' पर मैं घोर सुषुप्ति के समय को छोड़ कर, बाक़ी स्वप्न और जाग्रत् के समस्त दंड, ब्रह्मांड को अबलामय देखता था।

इसी समय दरबान से मेरा नाम लेकर किसी ने पूछा—"हैं?"

मैंने जैसे वीणा-झंकार सुनी। सारी देह पुलकित हो गई, जैसे प्रसन्न होकर पीयूषवर्षी कंठ से साक्षात् कविता-कुमारी ने पुकारा हो, बड़े अपनाव से मेरा नाम लेकर। एक साथ कालिदास, शेक्सपियर, वंकिमचंद्र और रवींद्रनाथ की नायिकाएँ दृष्टि के सामने उतर आईं। आप ही एक निश्चय बँध गया—यह वही हैं, जिन्हें कल कार्नवालिस-स्कायर पर देखा था—टहल रही थीं। मुझे देख कर पलकें झुका ली थीं। कैसी आँखें वे!—उनमें कितनी बातें!—मेरे दिल के साफ़ आईने में उनकी सच्ची तसवीर उतर आई थी, और मैं भी, वायु-वेग से उनकी बग़ल से निकलता हुआ, उन्हें समझा आया था कि मैं एक अत्यंत सुशील, सभ्य, शिक्षित और सच्चरित्र युवक हूँ। बाहर आकर, गेट पर, एक मोटर खड़ी देखी थी। ज़रूर वह उन्हीं की मोटर थी। उन्होंने ड्राइवर से मेरा पीछा करने के लिये कहा होगा। उससे पता मालूम कर, नाम जानकर, मिलने आई हैं। अवश्य यह बेथून-कॉलेज की छात्रा हैं। उसी के सामने मिली थीं। कविता से प्रेम होगा। मेरे छंद की स्वच्छंदता कुछ आई होगी इनकी समझ में, तभी बाक़ी समझने के लिये आई हैं।

उठकर जाना अपमानजनक जान पड़ा। वहीं से दरबान को ले आने की आज्ञा दी।

अपना नंगा बदन याद आया। ढकता, कोई कपड़ा न

था। कल्पना में सजने के तरह-तरह के सूट याद आए, पर, वास्तव में, दो मैले कुर्त्ते थे। बड़ा गुस्सा लगा, प्रकाशकों पर। कहा, नीच हैं, लेखकों की क़द्र नहीं करते। उठ कर मुंशीजी के कमरे में गया, उनकी रेशमी चादर उठा लाया। क़ायदे से गले में डाल कर देखा, फबती है या नहीं। ज़ीने से आहट नहीं मिल रही थी, देर तक कान लगाए बैठा रहा। बालों की याद आई—उकस न गए हों। जल्द-जल्द आईना उठाया। एक बार मुँह देखा, कई बार आँखें सामने रेल-रेलकर। फिर शीशा बिस्तरे के नीचे दबा दिया। शॉ की 'गेटिंग मैरेड' सामने करके रख दी। डिक्शनरी की सहायता से पढ़ रहा था, डिक्शनरी किताबों के अंदर छिपा दी। फिर तन कर गंभीर मुद्रा से बैठा।

आगंतुका को दूसरी मंज़िल पर आना था। ज़ीना गेट से दूर था।

फिर भी देर हो रही थी। उठ कर कुछ क़दम बढ़ा कर देखा, मेरे बचपन के मित्र मिस्टर सुकुल आ रहे थे।

बड़ा बुरा लगा, यद्यपि कई साल बाद की मुलाक़ात थी। कृत्रिम हँसी से होंठ रँग कर उनका हाथ पकड़ा, और लाकर उन्हें बिस्तरे पर बैठाला।

बैठने के साथ ही सुकुल ने कहा—"श्रीमतीजी आई हुई हैं।"

मेरी रूखी ज़मीन पर आषाढ़ का पहला दौंगरा गिरा।

प्रसन्न होकर कहा—"अकेली हैं, रास्ता नहीं जाना हुआ, तुम भी छोड़ कर चले आए, बैठो तब तक, मैं लिवा लाऊँ—तुम लोग देवियों की इज़्ज़त करना नहीं जानते।"

सुकुल मुस्किराए, कहा—"रास्ता न मालूम होने पर निकाल लेंगी—ग्रैज्युएट हैं, ऑफ़िस में 'मतवाला' की प्रतियाँ ख़रीद रही हैं, तुम्हारी कुछ रचनाएँ पढ़ कर—ख़ुश होकर।"

मैं चल न सका। गर्व को दबा कर बैठ गया। मन में सोचा, कवि की कल्पना झूठ नहीं होती। कहा भी है, 'जहाँ न जाय रवि, वहाँ जाय कवि।'

कुछ देर चुपचाप गंभीर बैठा रहा। फिर पूछा—"हिंदी काफ़ी अच्छी होगी इनकी ?"

"हाँ," सुकुल ने विश्वास के स्वर से कहा—"ग्रैज्युएट हैं।"

बड़ी श्रद्धा हुई। ऐसी ग्रैज्युएट देवियों से देश का उद्धार हो सकता है, सोचा। निश्चय किया, अच्छी चीज़ का पुरस्कार समय देता है। ऐसी देवीजी के दर्शनों की उतावली बढ़ चली, पर सभ्यता के विचार से बैठा रहा, ध्यान में उनकी अदृष्ट मूर्ति को भिन्न-भिन्न प्रकार से देखता हुआ।

एक बार होश में आया, सुकुल को धन्यवाद दिया।

(२)

सुकुल का परिचय आवश्यक है। सुकुल मेरे स्कूल के दोस्त हैं, साथ पढ़े। उन लड़कों में थे, जिनका यह सिद्धांत होता है कि सर कट जाय, चोटी न कटे। मेरी समझ में सर और चोटी की तुलना नहीं आई; मैं सोचता था, पूँछ कट जाने पर जंतु जीता है, पर जंतु कट जाने पर पूँछ नहीं जीती; पूँछ में फिर भी खाल है, खून है, हाड़ और मांस है, पर चोटी सिर्फ बालों की है, बालों के साथ कोई देहात्मबोध नहीं। सुकुल-जैसे चोटी के एकांत उपासकों से चोटी की आध्यात्मिक व्याख्या कई बार सुनी थी, पर सग्रंथि बालों के वल्ब में आध्यात्मिक इलेक्ट्रिसिटी का प्रकाश न मुझे कभी देख पड़ा, न मेरी समझ में आया। फलतः सुकुल की और मेरी अलग-अलग टोलियाँ हुईं। उनकी टोली में वे हिंदू-लड़के थे, जो अपने को धर्म की रक्षा के लिये आया हुआ समझते थे, मेरी में वे लड़के, जो मित्र को धर्म से बड़ा मानते हैं, अतः हिंदू, मुसलमान, क्रिस्तान, सभी। हम लोगों के मैदान भी अलग-अलग थे। सुकुल का खेल अलग होता था, मेरा अलग। कभी-कभी मैं मित्रों के साथ सलाह करके सुकुल की हाकी देखने जाता था, और सहर्ष, सुविस्मय, सप्रशंस, सक्लैप और सनयन-विस्तार देखता था। सुकुल की पार्टी-की-पार्टी की चोटियाँ, स्टिक बनी हुई, प्रतिपद-गति की ताल-ताल पर, सर-सर से

हाकी खेलती हैं। वली मुहम्मद कहता था, जब ये लोग हाकी में नाचते हैं, वी चोटियाँ सर पर ठेका लगाती हैं। फ़िलिप कहता था, See, the Hunter of the East has caught the Hindoos' forehead in a noose of hair. (देखो, पूरब के शिकारी ने हिंदुओं के सर को बालों के फंदे में फँसा लिया है) । इस तरह शिखा-विस्तार के साथ-साथ सुकुल का शिक्षा-विस्तार होता रहा। किसी से लड़ाई होने पर सुकुल चोटी की ग्रंथि खोल कर, बालों को पकड़ कर ऊपर उठाते हुए कहते थे, मैं चाणक्य के वंश का हूँ।

धीरे-धीरे प्रवेशिका-परीक्षा के दिन आए। सुकुल की आँखें रक्त मुकुल हो रही थीं। एक लड़के ने कहा, सुकुल बहुत पढ़ता है ; रात को खूँटी से बँधी हुई एक रस्सी से चोटी बाँध देता है, ऊँघने लगता है, तो झटका लगता है, जग कर फिर पढ़ने लगता है। चोटी की एक उपयोगिता मेरी समझ में आई।

मैं कवि हो चला था। फलतः पढ़ने की आवश्यकता न थी। प्रकृति की शोभा देखता था। कभी-कभी लड़कों को समझाता भी था कि इतनी बड़ी किताब सामने पड़ी है, लड़के पास होने के लिये सर के बल हो रहे हैं, वे उद्भिद्-कोटि के हैं। लड़के अवाक् दृष्टि से मुझे देखते रहते थे, मेरी बात का लोहा मानते हुए।

पर मेरा भाव बहुत दिनों तक नहीं रहा। जब आठ-दस रोज़ इम्तहान के रह गए, एक दिन जैसे नाड़ी छूटने लगी। ख़याल आते ही कि फेल हो जाऊँगा, प्रकृति में कहीं कविता न रह गई ; संसार के प्रिय-मुख विकृत हो गए ; पिताजी की पवित्र मूर्ति प्रेत की-जैसी भयंकर दिखी ; माताजी को स्नेह की वर्षा में अविराम बिजली की कड़क सुनाई देने लगी ; वंश-मर्यादा की रक्षा के लिये विवाह बचपन में हो गया था—नवीन प्रिया की अभिन्नता की जगह बंकिम दृगों का वैमनस्य-हलाहल क्षिप्त होने लगा ; पुरजनों के प्रगाढ़ परिचय के बदले प्राणों को पार कर जाने वाली अवज्ञा मिलने लगी। इस समय एक दिन देखा, सुकुल के शीर्ण मुख पर अध्यवसाय की प्रसन्नता झलक रही है।

किताब उठाने पर और भय होता था, रख देने पर दूने दबाव से फ़ेल हो जानेवाली चिंता। फलतः कल्पना में पृथ्वी-अंतरिक्ष पार करने लगा। कल्पना की वैसी उड़ान आज तक नहीं उड़ा। वह मसाला ही नहीं मिला। अंत में निश्चय किया, प्रवेशिका के द्वार तक जाऊँगा, धक्का न मारूँगा, सभ्य लड़के की तरह लौट आऊँगा। अस्तु, सबके साथ गया। और-और लड़कों ने पूरी शक्ति लड़ाई थी, इसलिये, परीक्षा-फल के निकलने से पहले, तरह-तरह से हिसाब लगा कर अपने-अपने नंबर निकालते थे, मैं निश्चित, इसलिये निश्चिंत था ; मैं जानता था कि गणित की नीरस

कापी को पद्माकर के चुहचुहाते कवित्तों से मैंने सरस कर दिया है; फलतः, परीक्षा-समुद्र-तट से लौटते वक्त, दूसरे तो रिक्त-हस्त लौटे, मैं दो मुट्ठी बालू लेता आया; घर में पिता, माता, पत्नी, परिजन, पुरजन सबके लिये आवश्यकतानुसार उसका उपयोग किया।

मेरे अविचल कंठ से यह सुन कर कि सूबे में पहला स्थान मेरा होगा, अगर ईमानदारी से पर्चे देखे गए, लोग विचलित हो उठे। पिता जी तो गर्व से गर्दन उठाए रहने लगे। पर ज्यों-ज्यों फल के दिन निकट होते आए, मेरी आत्मा की वल्लरी सूखती गई। वह जगह मैंने नहीं रक्खी थी कि पिताजी एक साल के लिये माफ़ कर देते। घर छोड़े बग़ैर निस्तार न देख पड़ा। एक दिन माता जी से मैंने कहा—"जगतपुर के ज़मींदारों ने बारात में चलने के लिये बुलाया है, और ऐसा कहा है, जैसे मेरे गए बग़ैर बारात की शोभा न बन पड़ती हो।" ज़मींदारों के आमंत्रण से माताजी छलक उठीं; पिताजी को पुकार कर कहा—"सुनते हो, तुम्हारे सपूत ज़मींदारों के यहाँ उठने-बैठने लगे हैं, बारात में चलने का न्योता है।" पिताजी प्रसन्नता को दबा कर बोले—"तो चला जाय; जो कहे, कपड़े बनवा दो और खर्चा दे दो।" एकांत में पत्नीजी मिलीं, बड़ी तत्परता से बोलीं—"वहाँ नाच देख कर भूल न जाइएगा।" "राम भजो", मैंने कहा—"क्व सूर्यप्रभवो वंशः क्व

चाल्पविषया मतिः।" "मैं इसका मतलब भी समझूँ?" वह एक क़दम आगे बढ़ कर बोलीं, मन में निश्चय कर कि तुलना में मैंने उन्हें श्रेष्ठ बतलाया है। समझ कर मैंने कहा—"कहाँ तुम्हारी बाँस-सी कोमल दुबली देह से सूरज का प्रकाश, कहाँ वह ज़हर की भरी मोती रंडी!" "चलो" कह कर वह गर्व-गुरु-गमन से काम को चल दीं।

समय पर कपड़े बने, और खर्चा भी मिला। पश्चात्, यथा-समय, जगतपुर के ज़मींदारों की बारात के लिये रवाना होकर कुछ दूर से राह काट कर ऐन गाड़ी के वक़्त में स्टेशन पहुँचा। वहाँ से ससुराल का टिकट लिया। रास्ते-भर में खासी मुहर्रमी सूरत बना ली। ससुरालवाले देखते ही दंग हो गए। ससुरजी, सासुजी और और लोग घेर कर कुशल पूछने लगे। मैंने उखड़ी आवाज़ में कहा—"गाँव में एक खेत के मामले में फ़ौजदारी हो गई है, दुश्मनों के कई घायल हुए हैं, इसलिये पिताजी की गिरफ़्तारी हो गई है, गिरफ़्तार होते वक्त उन्होंने कहा है, अपने ससुरजी से विवाह के क़रारवाले बाक़ी ३०० रुपये लेकर, दूसरे दिन ज़िले में आकर ज़मानत से छुड़ा लेना।" ससुरजी सन्न हो गए। सासुजी रोने लगीं, और और लोगों को काठ मार गया। ससुरजी के पास रुपए नहीं थे। पर सासुजी घबराईं कि ऐसे मौक़े पर मदद न की जायगी, तो त्रिपाठीजी क़ैद से छूट कर अपने

लड़के की दूसरी शादी कर लेंगे। इस विचार से नथ, करधनी, पायजेब आदि कुछ गहने रेहन कर १५० रु० मुझे देती हुई बोलीं—"बच्चा, इससे ज्यादा नहीं हो सका; हम तो तुम्हारे सदा के ऋणी हैं ; फिर धीरे-धीरे पूरा कर देंगे, त्रिपाठी से हाथ जोड़ कर हमारी प्रार्थना है।"

मैंने उन्हें सांत्वना दी कि बाक़ी रुपए लेने मैं उनके घर कभी न जाऊँगा। एक विपत्ति की बात थी, वह इतने से टल जायगी। सासुजी मारे आनंद के रोने लगीं। मैंने बड़ी भक्ति से उनके चरण छुए, और यथासमय स्टेशन आकर कलकत्ते का टिकट कटाया।

यहाँ से मेरे नए जीवन की नींव पड़ी। अख़बारों में देखा, सुकुल प्रथम श्रेणी में पास हुआ है। चार साल बाद वह बी० ए० हुआ, एम्० ए० हुआ, मैं मालूम करता रहा, अच्छी जगह पाई, अब परीक्षा समाप्त कर परीक्षक है; मैं ज्यों-का-त्यों; एक बार धोखा खाकर बराबर धोखा खाता रहा; एक परीक्षा की तैयारी न करके कभी पास न हो सका।—कितनी परीक्षाएँ दीं।

तब से यह आज सुकुल से मेरी मुलाक़ात है। एक बार सारा इतिहास मेरे मस्तिष्क में चक्कर लगा गया। अब वह पिताजी नहीं, माताजी नहीं, पत्नी नहीं, केवल मैं हूँ, और परीक्षा-भूमि, सामने प्रश्नों की अगणित तरंग-माला!

(३)

मैं विचार में था। जब आँख खुली, साकार सुघरता मेरे सामने थी, अविचल दृष्टि से मुझे देखती हुई। अंजलि बाँध कर नमस्कार किया, ललित अँगरेज़ी से संबर्द्धित करते हुए—"Good morning, Poet of Vers Libre!" मैं उठा। नमस्कार कर सुकुल के नज़दीक वाली कुर्सी पर बैठने के लिये बड़े अदब से हाथ बढ़ा कर बताया।

वह खड़ी थीं। लहराती हुई मंद गति से चलीं। बैठ कर मुझे देख कर मुस्किराती हुई बोलीं, "आप खूब लिखते हैं!"

प्यासा मृग मरीचिका के सरोवर का व्यंग्य नहीं समझता। मुझे यह पहली तारीफ़ मिली थी। इच्छा हुई, जाऊँ, महादेव बाबू को भी बुला लाऊँ, कहूँ कि अब अमृत निकलने लगा है, चुल्लू बाँध कर चलिए। लेकिन अभी उतने अमृत से मुझे ही अघाव न हुआ था। बैठा हुआ एकांत भक्त की दृष्टि से देखता रहा।

रक्त अधरों के करारों से अमृत का निर्झर बहा, वह बोलीं—"सुकुल आपकी कविता नहीं समझते, मैं समझाती हूँ।"

सुकुल न रह सके। कहा—"ऐसा समझना वास्तव में कहीं नहीं देखा; असर भी क्या; चाहे कुछ न समझिए, पर सुनने से जी नहीं ऊबता। एम्० ए० क्लास तक किसी प्रोफ़ेसर के लेक्चर में यह असर न था।"

"हाँ-हाँ जनाब", देवीजी मेरुमूल सीधा करके बोलीं—"यह एम० ए० क्लास से आगे की पढ़ाई है; जब पास करके आए थे, हाथ-भर की चोटी थी; समझ में एक वैसी ही मेख।"

सुकुल की चोटी मेरी निगाह में सुकुल से अधिक परिचित थी। पर उनके आने पर मैंने उन्हें ही देखा था। चोटी सही-सलामत है या नहीं, मालूम करने के लिये निगाह उठाई कि देवीजी बोलीं—"अब तो चाँद है। सुकुल को सुकुल बनाते, सच कहती हूँ, मझे बड़ी मिहनत उठानी पड़ी है।'

उन्हें धन्यवाद दूँ, हिम्मत बाँध रहा था कि बोलीं—"मैं स्वयं सुकुल की सहधर्मिणी नहीं।"

मेरा रंग उड़ गया।

मुझे देख कर, मेरे ज्ञान पर हँस कर जैसे बोलीं—"सुकुल स्वयं मेरे सहधर्मी हैं।"

मैं साहित्यिका को तअज्जुब की निगाह से देखने लगा। इतने पर उनकी कृपा की दृष्टि मुझ पर पड़ी, बोलीं—"मैं आपको भी सहधर्मी बनाना चाहती हूँ।"

मैं चौंका; सोचा, "क्या यह द्रौपदीवाला धर्म है?"

देवीजी ने कलाई वाली घड़ी देखी और उठ कर खड़ी हो गईं। भौंहें चढ़ा कर बोलीं—'बहुत देर हो गई, चलिए, आपको लेने आई थी, टैक्सी खड़ी है।" फिर बढ़कर, मेरे

कंधे पर हाथ रख कर बड़े ही मधुर स्वर से पूछा—"आप मुर्गी तो खाते हैं ?"

मैंने सुकुल को देखा। सुकुल सिर्फ़ मुस्किराए। समझ कर मैंने कहा—"मेरा तो बहुत पहले से सिद्धांत है।"

वह चलीं। मैं भी उसी तरह चद्दर ओढ़े सुकुल के पीछे चला।

(४)

रास्ते-भर तरह-तरह के विचार लड़ते रहे। समाज में इतनी आज़ादी नहीं। स्त्री के लिये तो बिलकुल नहीं। मुर्गी किसी तरह नहीं चल सकती। मैं खाता हूँ, छिपा कर। क्या यह स्त्री·····, पर सुकुल तो सुकुल हैं।

सुकुल का घर आ गया। एक छोटा-सा दुमंज़िला मकान। इधर-उधर बंगालियों की बस्ती। जगह-जगह कूड़े के ढेर, ऊपर मछलियों के सेल्हर, बदबू आती हुई।

हम लोग उतरे। भीतर पैठते दाहने हाथ एक छोटा-सा बैठका। एक डेढ़ साल के बच्चे को दासी खेलाती हुई। श्रीमतीजी को देख कर बच्चा मा-मा करता हुआ उतावला हो गया; दोनो हाथ फैला कर मा के पास आने के लिये कूद कर दासी की गोद में लटक रहा। लेकर देवीजी प्यार करने लगीं। सुकुल ने दासी को मकान खोलने के लिये कुँजी दी।

एक सहृदय बात कहना चाहिए, सोच कर मैंने कहा—"भूखा है, शायद दूध पीना चाहता है।"

देवीजी ने षोड़शी के कटाक्ष से देखा। कहा—" दासी पिला देगी। "

मैंने पूछा—" क्या यह आपका बच्चा नहीं है ? "

हँस कर बोलीं " मेरा ? है क्यों नहीं ? पर दूध मेरे नहीं होता। "

मैंने निश्चय किया, शिक्षित महिला हैं, यौवन है, अभी मातृभाव नहीं आया, इसीलिये दूध नहीं होता। मन में विधाता को धन्यवाद देता रहा।

" चलिए ", वह बोलीं—" ऊपर चलें, एकांत में बातें होंगी, सुकुल बाज़ार जायँगे मुर्ग़ी लेने। "

बच्चे को फिर दासी के हवाले कर दिया। मैं उनके पीछे चला, यह सोचता हुआ कि एकांत में सहधर्मी बनाने का प्रस्ताव न हो। चित्त को क़ाबू में न कर सका, वह पुलकित होता रहा।

यह कुछ सजा हुआ शयन-कक्ष था। " बैठिए " कह कर वह स्टोव जलाने लगीं। मैं आइने में उनकी पंप करती तस्वीर देखता रहा।

(५)

चाय, पान और सिगरेट मेज़ पर लगा कर बैठीं। प्लेट पकड़ कर मेरा प्याला बढ़ाती हुई मधुर कंठ से बोलीं—"शौक़ कीजिए। "

विनम्र भाव से मैंने दूसरी ओरवाली बाट पकड़ी, और आँखों में ही उन्हें धन्यवाद दिया।

निगाह नोची कर मुस्किराती हुई उन्होंने अपना प्याला होठों से लगाया। आधी चाय चुक जाने पर पूछा—"आप मेरे सहधर्मी हैं तो?"

पेट में, उतनी ही चाय से, समंदर लहराने लगा। ऊपर तूफ़ान। श्याम तट पर भावों के कितने सजे सुदृढ़ मकान उड़ गए। ऐसो खुशी हुई। कहा—"आप लेकिन सुकुल को......

"बीबी हैं?—हाँ, हूँ।"

"फिर मैं............"

"कैसे बीबी बना सकता हूँ?"

ऐसा धर्म-संकट जोवन में कभी नहीं पड़ा। मेरा सारा समंदर सूख गया, तूफ़ान न-जाने कहाँ उड़ गया, सिर्फ़ रेगिस्तान रह गया, जो इस ताप से और तपने लगा।

मुझे चुपचाप बैठा अनमेल दृष्टि से देखता हुआ देख कर वह बोलीं—"आप बुरा न मानें, मैंने देखा है, मर्दों में एक पैदायशी नासमझी है; वह ख़ास तौर से खुलती है जब औरतों से वे बातचीत करते हैं।"

मान लेने में ही बचत मालूम दी। मैंने कहा—"जी हाँ, औरतों के सामने उनकी समझ काम नहीं करती।"

"हाँ," वह बोलीं—सुकुल को आदमी बनाती-बनाती

मैं हार गई। 'बीबी' ' को ही लीजिए। बीबी तो मैं सुकुल की भी हो सकती हूँ, हूँ ही, आपकी भी हो सकती हूँ। "

मैं सूख तो गया, पर प्रसन्नता फिर आई। मैंने बिना कुछ सोचे एक उद्रेक में कह दिया—" हाँ। " " आप नहीं समझे ", वह बोलीं—" आप साहित्यिक हैं तो क्या, फिर भी सुकुल के दोस्त हैं। बीबी की बहुत व्यापकता है। "

" ज़रूर ", मैंने कहा।

उन्होंने कान न दिया। कहती गई—

" छोटी बहन, भतीजी, लड़की, भयहू (छोटे भाई की स्त्री) सबके लिये बीबी शब्द आता है। आपकी 'हाँ' किस अर्थ के लिये है ? "

मैंने डूब कर, कुछ कुल्ले पानी पीकर, जैसे थाह पाई। प्रसन्न होने की चेष्टा करते हुए कहा—" बहन के अर्थ में। "

उन्होंने कहा,—देखिए,—मर्द की बात एक होती है। "

इज़्ज़त बचाने के लिये और ज़ोर देकर मैंने कहा—" हाँ, मुकर जाऊँ, तो मर्द नहीं। "

लजा कर उन्होंने एक बार अपनी आँख बचाई। सँभल कर बोलीं—" हम बड़ी विपत्ति में हैं। साल भर से छिपे फिरते हैं। मैं बचने के लिये सुकुल से उनके मित्रों का परिचय पूछती रही। सिर्फ़ आपका परिचय मुझे त्राण देने

वाला मालूम दिया। पर पता मालूम न था। साल-भर से लगा रहे हैं।"

मैंने चितवन देखी। आँखें सजल हो आईं। कहा—"मैं तैयार हूँ।"

वह उठ खड़ी हुई। सामने आ, हाथ पकड़ कर कहा—"भाईजी, मेरी रक्षा कीजिए। सुकुल का घर छुटा हुआ है, जिस तरह हो, मुझे अपने कुल में मिला कर, सुकुल से ब्याह साबित कीजिए।"

उसकी बड़ी-बड़ी आँखें; दो बूँद आँसू कपोलों से बह कर मेरी जाँघ पर टपके। मैं खड़ा हो गया, और अपनी चादर से उसके आँसू पोंछते हुए कहा—"तुम मेरे चाचा जी की लड़की, मेरी छोटी बहन हुई। मेरे चाचा सस्त्रीक बंगाल में आकर गुजरे हैं। उनके एक कन्या भी थी, देश से आई थी।"

आनंद से भर कर, वह मेरा हाथ लेकर खेलने लगी। इसी समय सुकुल आए। पूछा—"रामकहानी हो गई?"

मैंने कहा—"अभी नहीं, कहानी से पहले भूमिका समाप्त हुई है।"

"सुकुल", भरकर उसने कहा,—"कोलंबस को किनारा दिखा।"

सुकुल बड़े प्रसन्न पद-क्षेप से मेरे पास आए, पूछा—"चाय कुछ बची है?"

"सब-की-सब", मैंने कहा—"पर ठंडी हो गई होगी, गरम करा लो।" बीवी की तरफ़ मुड़कर पूछा—"लेकिन तुम्हारा नाम अभी नहीं मालूम कर पाया।"

"जहाँ से आई हूँ," उसने कहा—"वहाँ की पुख-राज हूँ, यहाँ की पुष्करकुमारी।"

"कुँवर" मैंने कहा—जल्दी करो, तुम्हारी मुर्ग़ी स्वादिष्ट होगी, पर कहानी और स्वाददार हो। दोनों के लिये उतावली है।"

कुँवर चाय बनाने लगी। पंप करते समय सर की साड़ी सरक गई। फिर नहीं सँभाला। सुकुल की आँखें लोभी भौंरे की तरह उसके मुँह से लगी रहीं।

(६)

मैंने वहीं स्नान किया। सुकुल की धोती पहनी! भोजन किया—बिलकुल मुसलमानी खाना। वैसी ही चपातियाँ, वैसा ही कोरमा। वही चटनी, वही मुरब्बा, वही मिठाई। खाते हुए पूछा—"कुँवर, हिंदू-भोजन भी पका लेती हो या नहीं?" उसने 'हाँ' कह कर सुकुल की तरफ़ इशारा किया कि इनसे सीखा है।

"किताब छोड़कर खाना पकाते बड़ी परेशानी होती होगी तुम्हें।" मैंने कहा।

"सुकुल के लिये मैं सब कुछ सह सकती हूँ।" उसने जवाब दिया।

भोजन समाप्त हुआ। हम लोग उसी कमरे में गए। सुकुल बच्चे को लिए हुए।

पान खाते-खाते मैंने कहा—"अब देर न करो कुँवर।"

कुँवर एक बार नीचे गई। दासी से कुछ कह कर दुमंज़िले का दरवाज़ा बंद कर आई, और अपनी कुर्सी पर बैठी।

मैंने कहा—"अब शुभस्य शीघ्रम् होना चाहिए।"

कुँवर बोली—"मेरी मा हिंदू हैं। लखनऊ के वाजपेयी खालेवाले घर की। मैं उन्हीं से हूँ।"

"तब तो तुम कुलीन हो"—मैंने कहा, "तुम्हारे पिता का नाम?"

"उसका नाम कौन ले," कुँवर बोली—"आपके चाचा जी मेरे पिता हैं।"

कुँवर भर गई। रुक कर सँभलने लगी। बोली—"वाजपेयी जी को एक ब्याह से संतोष नहीं हुआ। दूसरी शादी की। तब मैं पेट में थी। बेहटा मेरा ननिहाल है। सिर्फ़ नानी थीं। ईश्वर की इच्छा, उनका देहांत हो गया। तब मेरी मा ने ससुर को कई चिट्ठियाँ लिखवाईं। पर उन्होंने ख़बर न ली। घर में किसी तरह गुज़र न हुई, तब, लोटा-थाली बेच कर, उस ख़र्च से मा लखनऊ गईं। घर में पैर रखते, ससुर और पति ने तेवर बदले। पति ने कहा, इसके हमल है, हमारा नहीं। ससुर ने कहा, बदचलन है,

धरम बिगाड़ने आई है ; भली होती, तो चली न आती—वहीं के लोग परवरिश करते। पड़ोसियों की भी राय थी। सौत ने धरती उठा ली। एक रात को पति ने बाँह पकड़ कर निकाल दिया। मा रास्तों पर मारी-मारी फिरीं। सुबह जिस आदमी ने उनके आँसू देखे, वह मुसलमान था। उस वक़्त मा के दिल में हिंदू, धर्म और भगवान के लिये कितनी जगह थी, आप सोच सकते हैं। निस्सहाय, अंतःसत्त्वा, अबला केवल आश्रय चाहती थी, सहानुभूति-पूर्ण, मनुष्यता-युक्त ; वह एक मुसलमान से प्राप्त हुआ। मुसलमान की बातों में विधर्मीपन न था। एक स्त्री के प्रति पुरुष का जैसा चाहिए, वैसा आश्वासन, विश्वास और पौरुष था। मा आकृष्ट हुईं। वह मा को ले चला। आगे वह, पीछे मा। मा फूल के कड़े-छड़े, धोती पहने हुए, मुसलमान के पीछे चलती साफ़ हिंदू-महिला मालूम दे रही थीं। ऐसे वक़्त एक आर्यसमाजी की निगाह पड़ी। उसने पीछा किया। मुसलमान बढ़ता हुआ घर पहुँचा। पर उसे हिंदू का पीछा करना मालूम हो गया था, इसलिये डरा। घर देख कर वह आर्यसमाजी पुलिस को खबर देने गया। इधर मुसलमान ने भी पेशबंदी शुरू की। एक दूसरे मुसलमान दोस्त के ताँगे में परदा लगा कर मा को दूसरे मुसलमान के घर कर आया। पुलिस की तहक़ीक़ात जारी हुई, साथ-साथ मा का एक मुसलमान के घर से दूसरे मुसलमान के घर होना।

अंत में वह एक ऐसे घर पहुँचीं, जो एक इस्पेक्टर, पुलिस, का था। इंस्पेक्टर साहब छुट्टी लेकर उस वक्त रह रहे थे। नौकरी पर चलते समय वह मा को भी साथ लेते गए। अकेले थे। मा सुंदरी थीं।"

इच्छा हुई इंस्पेक्टर साहब का नाम पूछूँ, पर सोचा, वाजपेयी जी के नाम के साथ बाद को मालूम कर लूँगा।

कँवर कहती गई—"इस तरह इंस्पेक्टर साहब ने एक अबला की रक्षा की। मैं पैदा हुई। मेरे कई भाई-बहन और हुए। मैं उर्दू पढ़ती थी; मुसलमान पिताजी का लखनऊ तबादला होने पर, अँगरेज़ी पढ़ने लगी। नाइंथ क्लास में थी, मा से पिताजी की बातचीत हुई, मेरी शादी के बारे में। मैं कमरे के बाहर खड़ी थी। उन्हें मालूम न था। उस रोज़ मुझे कुछ आभास मिला। पहले मा को नाराज होने पर जिन शब्दों में अभिहित करते थे, उनकी सचाई समझी। मेरी आँख खुली। बड़ी लज्जा लगी, हिंदू-मुसलमान इन दोनों शब्दों पर किसी की तरफ़दारी के लिये। एक रोज़ मा को रोकर मैंने पकड़ा। जो कुछ सुना और समझा था, कहा, और बाक़ी ब्यौरा समझाने के लिये विनय की। एकांत में मा ने अपना सारा हाल सुनाया, और ईश्वर का स्मरण कर, उनकी इच्छा कह कर खामोश हो गईं। मुझे जातीय गर्व से घृणा हो गई। मैंने कहा, मैं शादी नहीं करूँगी; जी भर पढ़ना चाहती हूँ। बस, यहीं

से मेरे विचार बदले। मैट्रीक्युलेशन पढ़ कर मैं आई० टी० कालेज गई, और दूसरे विषयों के साथ हिंदी ली। एफ़० ए० पास हो बी० ए० में गई। आख़िरी साल सुकुल को देखा।"

"सुकुल को देखा" कहने के साथ कुँवर का जैसे नेह का स्रोत फूट पड़ा। कुछ रस-पान कर मैंने कहा—"कुँवर, यहाँ अच्छी तरह वर्णन करो; हिंदी के कहानी-लेखक और पाठक बहुत प्यासे हैं।"

कुँवर जम कर सीधी हुई। बोलीं—"सुकुल तब क्रिश्चियन कॉलेज में प्रोफ़ेसर थे। प्रिंसिपल को आश्वासन दिया था कि ईसाई-धर्म को वह संसार का सर्वश्रेष्ठ धर्म मानते हैं, लेकिन बूढ़े पिताजी का लिहाज़ है, और वह दो-चार साल में चलते हैं, बाद को सुकुल क्रिश्चियन के अलावा दूसरा अस्तित्व नहीं रखते। कुछ निबंध भी प्रमाण के तौर पर लिखे। दूरदर्शी प्रिंसिपल ने तब सिफ़ारिश की, और इन्हें जगह मिली। मेरे मकान के सामने ठहरे थे। बड़ी सँभाल से हैट लगाते थे कि चोटी कहीं से न देख पड़े, पगड़ी के भीतर विभीषण के तिलक की तरह। कभी मिसेज़ सुकुल आती थीं, कभी अकेले ठोंकते खाते थे। मुझे इतना जानते थे कि इस मकान से कोई कॉलेज जाती है। एक दिन की बात। मैं छत पर थी। शाम हो रही थी। सुकुल बराम्दे में बैठे थे। मौसम बरसात का। बादल मदन की बैजयंती बने

हुए। ठंडी हवा चल रही थी। पेड़-पौधे लोट-पोट। क्या कहूँ, मैं भी ऐसी हवा से लहराई। बहुत पहले, कुछ ईंटें बाहर देखने के लिये जमा कर रक्खी थीं। उन पर खड़ी हो गई। अवरोध के पार सर उठा कर देखा। सुकुल बैठे थे। कई बार पहले भी देख चुकी थी। सुकुल ने न देखा था। अब के निगाह एक हो ही गई। सुकुल की जनरल की मूछें—बाघ का मुँह—कालिदास की आँखें!—माफ़ कीजिएगा, मैं बकरे को कालिदास कहती हूँ।—टकटकी बँध गई। मुझे किसी ने जैसे गुदगुदा दिया। इतनी बिजली भर गई कि मैंने फ़ौरन सुकुल को फ़ौजी सलाम दी। होश में आ, लजा कर बैठ गई। फिर कई दिन 'आँखें नहीं मिलाईं', छिप-छिप कर देखती रही। सुकुल दूसरों की नज़र बचाते कितने बेचैन थे! मुझे लुत्फ़ आने लगा, शिकार की तड़फड़ाहट से शिकारी को जो ख़ुशी होती है। बराम्दे में सुबह-शाम बैठना सुकुल का काम हो गया। कहीं न जाते थे। इधर-उधर देख कर निगाह उसी जगह जमा देते थे। जगह खाली देखकर आह भरते थे। मैं दीवार के छेद से देखती थी। एक रोज़ फिर उसी तरह दर्शन देने की इच्छा हुई। ईंटें बिखेर देती थी। इकट्ठी कीं। खड़ी हुई। सूरज मुँह के सामने था। सुकुल ने देखते ही हाथ जोड़ कर प्रणाम किया। मैं कागज़ का एक टुकड़ा ले गई थी। उसकी गोली बना कर उसे नीचे डाल दिया। उसपर सुकुल

की जैसी निगाह थी, वैसी नादिरशाह की कोहनूर पर न रही होगी, न अँगरेज़ों की अवध पर।"

मारे आकर्षण के मुझ से न रहा गया। पूछा—"क्या लिखा था?"

"कुछ नहीं," कुंवर बोली—"वह कोहनूर की ही तरह सफ़ेद था। सुकुल ने उसे उठा कर बड़े चाव से खोला। और, यद्यपि उसमें कुछ न लिखा था, फिर भी, कुछ लिखा होता, तो सुकुल को इतनी सरसता न मिलो होती—उस शून्य पृष्ठ पर विश्व की समस्त प्रेमिकाओं की कविता लिखी थी। सुकुल उसे लेकर बराम्दे में आए, और मुझे दिखा कर हृदय से लगा लिया। मैं मुस्किरा कर बिदा हुई। इस ख़ाली के बाद भरी दागने लगी। रोज़ एक गोली चलाती थी, बिहारी, देव, पद्माकर, मतिराम आदि के दोहे और कवित्त लिख-लिख कर। अंत में सुकुल का क़िला तोड़ लिया। एक दिन एक गोली में दाग कर कि मैं तुम्हारे घर आऊँगी—रात-भर दरवाज़ा खुला रखना, गई, और अपने क़िले पर अधिकार कर समझा दिया कि इम्तहान के बाद स्थायी रूप से यहाँ आकर निवास करूँगी। सुकुल अपनी भूलों का बयान करते रहे—कब क्या करते, क्या हो गया। पर मैंने कोई भूल की ही नहीं थी। मिसेज़ सुकुल से शादी करके सुकुल के पिताजी ने और सुकुल ने, मुमकिन है, भूल की हो। मैंने यह ज़रूर सोचा कि मेरे कारण सुकुल की मुसी-

बतें बढ़ सकती हैं, पर साथ ही यह ख़याल आया कि कोई पहलू उठाइए, सामने मुसीबत है—अब क़दम पीछे नहीं पड़ सकता। जहाँ सुकुल हर चाल पर चूकते थे, वहाँ मैंने पहले ही मात दी—इम्तहान में बैठी, और सुकुल के घर आकर मालूम किया, पास हुई, और रायबहादुर बन्नूलाल-हिंदी-मेडल पाया। और फिर डिगरी लेने नहीं गई। इम्तहान के बाद, जब एक रात को हमेशा के लिये सुकुल के घर आकर बैठी, बड़ा तहलक़ा मचा, कुछ ढूँढ़-तलाश के बाद जब मैं नहीं मिली। निश्चय हुआ कि मेरी मर्ज़ी से किसी ने मुझे भगाया। सुकुल पर शक हुआ। थाने में रिपोर्ट हुई। सुकुल मुझे कहाँ रक्खें—घबराए। दीवार से बनी एक आलमारी थी। आलमारी के नीचे एक तहख़ाना छोटा-सा था। मैं अब जैसी हूँ, तब इससे और दुबली थी।—जगन्नाथजी में, कुछ महीने हुए, कलियुग की मूर्ति देखी—कंधे पर बीबी को बैठाले मियाँ लड़के की उँगली पकड़े बाप को धतकार रहे हैं, मेरी इच्छा हुई, सुकुल कलियुग बनें। सुकुल को कई दफ़े कलियुग बना चुकी हूँ। धतकारने के लिये, कहती थी, सामने समझो हिंदूपनरूपी तुम्हारा बाप है। सुकुल धतकारते थे। ग़रज़ यह कि उस तहख़ाने में मैं आसानी से आ सकती थी। सुकुल से मैंने कहा, ऊपर कुछ कपड़े डाल दो, साँस लेने की जगह मैं कर लूँगी। आलमारी के ऊपरवाले ताक़ों में चीज़ें पहले से रक्खी थीं।

बाहर से आलमारी बंद कराके ताला लगवा देती थी। इस तरह दो-दो, तीन-तीन, चार-चार घंटे दम साधने लगी। जब सुकुल कॉलेज जाते थे, तब बाहर से ताला बंद कर लेते थे। जब लौटते थे, तब बाहर दरवाज़ा बंद कर लेते थे। कोई पुकारता था, तो मैं तहखाने में जाती थी, आलमारी का ताला बंद करके सुकुल बाहर निकलते थे। तीसरे दिन सही-सही पुलिस आ गई। सुकुल उसी तरह बाहर निकले। प्रभातकाल था, बल्कि उषःकाल। दारोग़ा मुसलमान। डट-कर तलाशी लेने लगा। आलमारी के पास आकर खड़ा हुआ। मैं समझ गई, यह साँस की आहट ले रहा है। मैं मुंह से साँस लेने लगी। फिर आलमारी नहीं खोलवाई। दराज़ से देख-दाख कर चला गया। सुकुल उसे बिदा कर उसी तरह भीतर आए। मुझे निकाला। मैं खिलखिलाकर हँसी। फिर सुकुल से जल्द मकान बदलने के लिये कहा। तलाशी की खबर चारो तरफ फैली। सुकुल के गाँव भी पहुँची। अब तक सुकुल ने भी तलाशी का हाल लिखा, पर मकान बदल कर। यह मकान बड़ा था। बग़ल-बगल दो आँगन थे। मेरा ख़याल रख कर लिया गया था। चिट्ठी पा सुकुल के भाई मिसेज़ सुकुल को लेकर आए। हम पहले से सतर्क थे। बड़े मकान में सुकुल रहने लगे। मैं अपना गुप्त जीवन व्यतीत करती रही। मुझे कोई कष्ट न था; पर सुकुल की ड्यूटी बढ़ गई। सौभाग्य कहूँ या दुर्भाग्य,

३-४ महीने रह कर मिसेज़ सुकुल बीमार पड़ीं, और ७-८ दिन के बुखार में उनका इंतकाल हो गया। सुकुल के भाई चले गए थे। इन्होंने फिर किसी को नहीं बुलाया। किसी तरह मित्रों की मदद से उनका अंतिम संस्कार कर दिया। सुकुल से पूछ कर मैं तुम्हारा हाल मालूम कर चुकी थी; जानती थी, मुझे ही अपनी नाव खेनी है; पर तुम्हारा पता मालूम न कर सकी, इतनी ही चिंता रह-रहकर होती थी। मिसेज़ सुकुल के रहते मैंने मिस्टर सुकुल को तुम्हारे गाँव भेजा था। तुम्हीं-जैसे मेरे सहारा हो सकते थे। मिसेज़ सुकुल के रहने पर मुझे कोई अड़चन न थी, न अब, न रहने पर, कोई सुविधा है। यह बच्चा मिसेज़ सुकुल का है। बड़ी कठिनाइयों से तुम्हारा पता लगा था। मिसेज़ सुकुल के गुज़रने पर हम लोगों को विवश होकर लापता होना पड़ा। पास इतना धन था कि साल-डेढ़ साल का ख़र्च चल जाय। इतने दिनों बाद हमारी साधना सफल हुई।"

मैंने कुँवर को धन्यवाद दिया। कलकत्ते में ही उसका ब्याह कर दूँगा, यह आश्वासन देकर उससे बिदा ली।

(७)

सेठजी बैठे थे। एकांत में ले जाकर यह हाल उनसे कहा। वह सहमत हो गए। कहा, मगर मुंशीजी से न कहिएगा, उनके पेट में बात नहीं रहती।

शुभ मुहूर्त में विवाह की तैयारियाँ होने लगीं। एक दिन आमंत्रित हिंदी-भाषी विभिन्न प्रांतों के साहित्यिकों की उपस्थिति में सुकुल के साथ श्रीपुष्करकुमारी का ब्याह कर दिया।

प्रीति-भोज में अनेक कनवजिए सम्मिलित थे। देश में यह शुभ संदेश सुकुल के पहुँचने से पहले पहुँचा। कुँवर अब भी है।

श्रीमती गजानन्द शास्त्रिणी

श्रीमती गजानन्द शास्त्रिणी श्रीमान् पं० गजानन्द शास्त्री की धर्मपत्नी हैं। श्रीमान् शास्त्रीजी ने आपके साथ यह चौथी शादी की है, धर्म की रक्षा के लिए। शास्त्रिणी जी के पिता को षोड़शी कन्या के लिए पैंतालीस साल का वर बुरा नहीं लगा, धर्म की रक्षा के लिए। वैद्य का पेशा अख्तियार किये शास्त्रीजी ने युवती पत्नी के आने के साथ 'शास्त्रिणी' का साइन-बोर्ड टाँगा, धर्म की रक्षा के लिए। शास्त्रिणीजी उतनी ही उम्र में गहन पातिव्रत्य पर अविराम लेखनी चालना कर चलीं धर्म की रक्षा के लिए। मुझे यह कहानी लिखनी पड़ रही है, धर्म की रक्षा के लिए।

इससे सिद्ध है, धर्म बहुत ही व्यापक है। सूक्ष्म दृष्टि से देखनेवालों का कहना है कि नश्वर संसार का कोई काम धर्म के दायरे से बाहर नहीं। संतान पैदा होने के पहले से मृत्यु के बाद—पिण्डदान तक, जीवन के समस्त भविष्य, वर्तमान और भूत को व्याप्त कर धर्म-ही-धर्म है।

जितने देवता हैं, चूँकि देवता हैं, इसलिए धर्मात्मा हैं। मदन को भी देवता कहा है। यह जवानी के देवता हैं। जवानी जीवन भर का शुभ मुहूर्त है, सबसे पुष्ट, कर्मठ और तेजस्वी देवता मदन, जो भस्म होकर नहीं मरे; लिहाजा यह काल और काल के देवता सबसे ज्यादा

सम्मान्य, फलतः क्रियाएँ भी सबसे अधिक महत्त्वपूर्ण, धार्मिकता लिये हुए। मदन को कोई देवता न माने तो न माने, पर यह निश्चय है कि आज तक कोई देवता इन पर प्रभाव नहीं डाल सका। किसी धर्म, शास्त्र या अनुशासन को यह मान कर नहीं चले, बल्कि, धर्म, शास्त्र और अनुशासन के माननेवालों ने ही इनकी अनुवर्तिता की है। यौवन को भी कोई कितना निंद्य कहे, चाहते सब हैं, वृद्ध सर्वस्व भी स्वाहा कर। चिह्न तक लोगों को प्रिय हैं—खिजाब की कितनी खपत है! धातुपुष्टि की दवा सबसे ज्यादा बिकती है। साबुन, सेंट, पाउडर, क्रीम, हेजलीन, वेसलीन, तेल, फुलेल के लाखों कारखाने हैं और इस दरिद्र देश में। जब न थे, तब रामजी और सीताजी उबटन लगाते थे। नाम और प्रसिद्धि कितनी है—संसार की सिनेमा-स्टारों को देख जाइए। किसी शहर में गिनिए—कितने सिनेमा-हाउस हैं। भीड़ भी कितनी—आवारागर्द मवेशी काइन्ज हाउस में इतने न मिलेंगे। देखिए—हिन्दू, मुसलमान, सिख, पारसी, जैन, बौद्ध, क्रिस्तान, सभी; साफ़ा, टोपी, पगड़ी, कैप, हैट और पाग से लेकर नंगा सिर—घुटन्ना तक; अद्वैतवादी, विशिष्टाद्वैतवादी, द्वैतवादी, द्वैताद्वैतवादी, शुद्धाद्वैतवादी, साम्राज्यवादी, आतङ्कवादी, समाजवादी, काज़ी, नाज़ी, सूफ़ी से लेकर छायावादी तक; खड़े बेंड़े सीधे टेढ़े सब तरह के तिलक-त्रिपुण्ड; बुरकेवाली,

घूँघटवाली, पूरे और आधे और चौथाई बालवाली, खुली और मुँदी चश्मेवाली आँखें तक देख रही हैं। अर्थात् संसार के जितने धर्मात्मा हैं, सभी यौवन से प्यार करते हैं। इसलिए उसके कार्य को भी धर्म कहना पड़ता है। किसी के न कहने—न मानने से वह अधर्म नहीं होता।

अस्तु, इस यौवन के धर्म की ओर शास्त्रिणी जी का धावा हुआ, जब वह पन्द्रह साल की थीं अविवाहिता। यह आवश्यक था, इसलिए पाप नहीं। मैं इसे आवश्यकतानुसार ही लिखूँगा। जो लोग विशेषरूप से समझना चाहते हों, वे जितने दिन तक पढ़ सकें, काम-विज्ञान का अध्ययन कर लें। इस शास्त्र पर जितनी पुस्तकें हैं, पूरे अध्ययन के लिए पूरा मनुष्य-जीवन थोड़ा है। हिन्दी में अनेक पुस्तकें इस पर प्रकाशित हैं, बल्कि प्रकाशन को सफल बनाने के लिए इस विषय की पुस्तकें आधार मानी गई हैं। इससे लोगों को मालूम होगा कि यह धर्म किस अवस्था से किस अवस्था तक किस-किस रूप में रहता है।

(२)

शास्त्रिणीजी के पिता जिला बनारस के रहने वाले हैं, देहात के, पयासी, सरयूपारीण ब्राह्मण; मध्यमा तक संस्कृत पढ़े; घर के साधारण जमींदार, इसलिए आचार्य भी विद्वत्ता का लोहा मानते हैं। गाँव में एक बाग़ क़लमी लँगड़े का है। हर साल भारत-सम्राट को आम भेजने का इरादा

करते हैं, जब से वायुयान-कम्पनी चली। पर नीचे से ऊपर को देख कर ही रह जाते हैं, साँस छोड़ कर। ज़िले के अंगरेज़ हाकिमों को आम पहुँचाने की पितामह के समय से प्रथा है। यह भी सनातन-धर्मानुयायी हैं। नाम पं० राम-खेलावन हैं।

रामखेलावनजी के जीवन में एक सुधार मिलता है। अपनी कन्या का, जिन्हें हम शास्त्रीजी लिखते हैं, नाम उन्होंने सुवर्णा रक्खा है। गाँव की जीभ में इसका यह रूप नहीं रह सका, प्रोग्रेसिव राइटर्स की साहित्यिकता की तरह 'पन्ना' बन गया है। इस सुधार के लिए हम पं० राम-खेलावनजी को धन्यवाद देते हैं। पंडितजी समय काटने के विचार से आप ही कन्या को शिक्षा देते थे, फलस्वरूप कन्या भी उनके साथ समय काटती गई और पन्द्रह साल की अवस्था तक सारस्वत में हिलती रही। फिर भी गाँव को वधू-वनिताओं पर, उसकी विद्वत्ता का पूरा प्रभाव पड़ा। दूसरों पर प्रभाव डालने का उसका ज़मींदारी स्वभाव था, फिर संस्कृत पढ़ी, लोग मानने लगे। गति में चापल्य उसकी प्रतिभा का सबसे बड़ा लक्षण था।

उन दिनों छायावाद का बोलबाला था, खास तौर से इलाहाबाद में। लड़के पंत के नाम का माला जपते थे, ध्यान लगाये। कितनी लड़ाइयाँ लड़ीं प्रसाद, पंत और माखनलाल के विवेचन में। भगवतीचरण बायरन से आगे हैं, पीछे

रामकुमार, कितनी ताक़त से सामने आते हुए। महादेवी कितना खींचती हैं।

मोहन उसी गाँव का, इलाहाबाद विश्वविद्यालय में बी० ए० (पहले साल) में पढ़ता था। यह रंग उस पर भी चढ़ा और दूसरों से अधिक। उसे पंत की प्रकृति प्रिय थी, और इस प्रियता से जैसे पंत में बदल जाना चाहता था। सङ्कोच, लज्जा, मार्जित मधुर उच्चारण, निर्भीक नम्रता, शिष्ट आलाप, सजधज उसी तरह। रचनाओं से रच गया। साधना करते सधी रचना करने लगा। पर सम्मेलन शरीफ़ अब तक नहीं गया। पिता हाईकोर्ट में क्लर्क थे। गर्मी की छुट्टियों में गाँव आया हुआ है।

सुपर्णा से परिचय है जैसे पर्ण और सुमन का। सुमन पर्ण के ऊपर है, सुपर्णा नहीं समझी। जमीन्दार की लड़की, जिस तरह वहाँ की समस्त डालों के ऊपर अपने को समझती थी, उसके लिए भी समझी। ज्यों-ज्यों समय की हवा से हिलती थी; सुमन की रेणु से रँग जाती थी; समझती थी, वह उसी का रंग है। मोहन शिष्ट था, पर अपना आसन न छोड़ता था।

सुपर्णा एक दिन बाग़ में थी। मोहन लौटा हुआ घर आ रहा था। सुपर्णा रँग गई। बुलाया। मोहन फिर भी घर की तरफ़ चला।

"मोहन! ये आम बाबूजी दे गये हैं, ले जाओ। तकवाहा बाज़ार गया है।"

मोहन बाग़ की ओर चला। नज़दीक गया तो सुपर्णा हँसने लगी।—"कैसा धोका देकर बुलाया है?—आम बाबूजी ने तुम्हारे यहाँ कभी और भी भिजवाये हैं?" मोहन लजा कर हँसने लगा।

"लेकिन तुम्हारे लिए कुछ आम चुन कर मैंने रक्खे हैं। चलो।"

मोहन ने एक बार संयत दृष्टि से उसे देखा। सुपर्णा साथ लिये बीच बाग़ की तरफ़ चली—"मैंने तुम्हें आते देखा था, तुमसे मिलने को छिप कर चली आई। तकवाहे को सौदा लेने बाज़ार (दूसरे गाँव) भेज दिया है। याद है मोहन?"

"क्या?"

"मेरी गुइँयों ने तुम्हारे साथ, खेल में।"

"वह तो खेल था।"

"नहीं, वह सही था। मैं अब भी तुम्हें वही समझती हूँ।"

"लेकिन तुम पयासी हो। शादी तुम्हारे पिता को मंज़ूर न होगी।"

"तो तुम मुझे कहीं ले चलो। मैं तुमसे कहने आई हूँ। दूसरे से व्याह करना मैं नहीं चाहती।"

मोहन की सुन्दरता गाँव की रहनेवाली सुपर्णा ने दूसरे युवक में नहीं देखी। उसका आकर्षण उसकी मा को मालूम हो चुका था। उसका मोहन के घर जाना बन्द था। आज पूरी शक्ति लड़ा कर, मौक़ा देख कर मोहन से मिलने आई है। मोहन खिंचा। उसे यहाँ वह प्रेम न दिखा, वह जिसका भक्त था, कहा—

"लेकिन मैं कहाँ ले चलूँ?"

"जहाँ रहते हो।"

"वहाँ जो पिताजी हैं।"

"तो और कहीं।"

"खायेंगे क्या?"

खाना पड़ता है, यह सुपर्णा को याद न था। मोहन से लिपटी जा रही थी।

इसी समय तकवाहा बाज़ार से आ गया। देर का गया था। देख कर सचेत करने के लिए आवाज़ दी। सुपर्णा घबराई। मोहन खड़ा हो गया।

तकवाहा बाग़ आ सौदा देकर मोहन को ज़मींदार की ही दृष्टि से घूरता रहा। मतलब समझ कर मोहन धीरे-धीरे बाग़ से बाहर निकला और घर की ओर चला।

तकवाहा धार्मिक था। जैसा देखा था, पं० रामखेलावनजी से व्याख्यासमेत कहा। साथ ही इतना उपदेश भी

दिया कि मालिक! पानी की भरी खाल है, कब क्या हो जाय! बिटिया रानी का जल्द ब्याह कर देना चाहिए।

पं० रामखेलावनजी भी धार्मिक थे। धर्म की सूक्ष्मतम दृष्टि से देखने लगे तो मालूम पड़ा कि सुपर्णा के गर्भ है, नौ-दस महीने में लड़का होगा। फिर? इस महीने लगन है—ब्याह हो जाना चाहिए।

जल्दी में बनारस चले।

(३)

पं० गजानन्द शास्त्री बनारस के वैद्य हैं। वैदकी साधारण चलती है, बड़े दाँव-पेंच करते हैं तब। पर आशा बहुत बढ़ी-चढ़ी है। सदा बड़े-बड़े आदमियों की तारीफ़ करते हैं और ऐसे स्वर से, जैसे उन्हीं में से एक हों। वैदकी चले इस अभिप्राय से शाम को रामायण पढ़ते-पढ़वाते हैं तुलसी-कृत; अर्थ स्वयं कहते हैं। गोस्वामीजी के साहित्य का उनसे बड़ा जानकार—विशेषकर रामायण का, भारतवर्ष में नहीं, यह श्रद्धापूर्वक मानते हैं। सुननेवाले ज्यादातर विद्यार्थी हैं, जो भरसक गुरु के यहाँ भोजन करके विद्याध्ययन करने काशी आते हैं। कुछ साधारण जन हैं, जिन्हें असमय पर मुफ़्त दवा की जरूरत पड़ती है। दो-चार ऐसे भी आदमी, तो काम तो साधारण करते हैं, पर असाधारण आदमियों में गप लड़ाने के आदी हैं। मज़े की महफ़िल लगती है। कुछ महीने हुए, शास्त्री जी की तीसरी पत्नी

का असच्चिकित्सा के कारण देहान्त हो गया है। बड़े आदमी की तलाश में मिलने वाले अपने मित्रों से शास्त्री जी बिना पत्नी वाली अड़चनों का बयान करते हैं, और उतनी बड़ी गृहस्थी आठावाठा जाती है—इसके लिए विलाप। सुपात्र सरयूपारीण ब्राह्मण हैं; मासखोर सुकुल।

पं० रामखेलावन जी बनारस में एक ऐसे मित्र के यहाँ आकर ठहरे, जो वैद्य जी के पूर्वोक्त प्रकार के मित्र हैं। रामखेलावन जी लड़की के व्याह के लिए आये हैं, सुन कर मित्र ने उन्हें ऊपर ही लिया, और शास्त्री जी की तारीफ़ करते हुए कहा, ऐसा सुपात्र बनारस शहर में न मिलेगा। शास्त्री जी की तीसरी पत्नी अभी गुज़री है; फिर भी उम्र अभी अधिक नहीं—जवान हैं। शास्त्री, वैद्य, सुपात्र और उम्र भी अधिक नहीं—सुन कर पं० रामखेलावन जी ने मन-ही-मन बाबा विश्वनाथ को दण्डवत् की और बाबा विश्वनाथ ने हिन्दू-धर्म के लिए क्या-क्या किया है, इसका उन्हें स्मरण दिलाया—वह भक्तवत्सल आशुतोष हैं, यह यहीं से विदित हो रहा है—मर्यादा की रक्षा के लिये अपनी पुरी में पहले से वर लिये बैठे हैं—आने के साथ मिला दिया। अब यह बंधान न उखड़े, इसकी बाबा विश्वनाथ को याद दिलाई।

पं० रामखेलावनजी के मित्र पं० गजानन्द शास्त्री के यहाँ उन्हें लेकर चले। ज़मींदार पर एक धाक जमाने की

सोची, कहा—"लेकिन बड़े आदमी हैं; कुछ लेन-देनवाली पहले से कह दीजिए, आखिर उनकी बराबरी के लिए कहना ही पड़ेगा कि ज़मीन्दार हैं।"

"जैसा आप कहें।"

"कुल मिलाकर तीन हज़ार तो दीजिए, नहीं तो अच्छा न लगेगा।"

"इतना तो बहुत है।"

ढाई हज़ार ? इतने से कम में न होगा। यह दहेज की बात नहीं, बनाव की बात है"

"अच्छा, इतना कर दिया जायगा। लेकिन विवाह इसी लगन में हो जाना चाहिए।"

मित्र चौंका। सन्देह मिटाने के लिए कहा "भई, इस साल तो नहीं हो सकता।"

पं० रामखेलावनजी घबरा कर बोले—"आप जानते ही हैं ग्यारह साल के बाद लड़की जितना ही पिता के यहाँ रहती है, पिता पर पाप चढ़ता है। पन्द्रह साल की है। सुन्दर जोड़ी है। लड़की अपने घर जाय, चिन्ता कटे। ज़माना दूसरा है।"

मित्र को आशा बँधी। सहानुभूतिपूर्वक बोले—"बड़ा ज़ोर लगाना पड़ेगा, अगले साल हो तो बुरा ता नहीं ?"

पं० रामखेलावनजी चलते हुए रुककर बोले—"अब इतना सहारा दिया है, तो खेवा पार ही कर दीजिए। बड़े

आदमी ठहरे, कोई हमसे भी अच्छा तब तक आ जायगा।"

मित्र को मज़बूती हुई। बोले—"उनकी स्त्री का देहान्त हुआ है, अभी साल भी पूरा नहीं हुआ। बरखी से पहले तो मंज़ूर न करेंगे। लेकिन एक उपाय है, अगर आप करें।"

"आप जो भी कहें, हम करने को तैयार हैं, भला हमें ऐसा दामाद कहाँ मिलेगा?"

"बात यह कि कुल सराधें एक ही महीने में करवानी पड़ेंगी, और फिर ब्रह्म-भोज भी तो है, और बड़ा। कम-से-कम तोन हज़ार खर्च होंगे। फिर तत्काल विवाह। आप हज़ार रुपये भी दीजिए। पर उन्हें नहीं। अरे रे!—इसे वह अपमान समझेंगे। हम दें। इससे आपकी इज़्ज़त बढ़ेगी, और आखिर हमें बढ़ कर उनसे कहना भी तो है कि बराबर की जगह है? हज़ार जब उनके हाथ पर रक्खेंगे कि आपके ससुरजी ने बरखी के खर्च के लिए दिये हैं, तब यह दस हज़ार के इतना होगा, यही तो बात थी। वह भी समझेंगे।"

पं० रामखेलावनजी दिल से कसमसाये, पर चारा न था। उतरे गले से कहा—"अच्छी बात है।" मित्र ने कहा—"तो रुपये कब तक भेजिएगा? अच्छा, अभी चलिए: देख तो लीजिए, लेकिन विवाह की बातचीत न कीजिएगा, नहीं तो निकाल ही देंगे। समझिए—पत्नी

मरी हैं।"

रामखेलावन दबे। धीरे-धीरे चलते गये। "लड़की कुछ पढ़ी भी है?—पढ़ती तो थी—तीन साल हुए, जब मैं गया था, गवाही थी—मौक़ा देखने के लिए?" मित्र ने पूछा।

"लड़की तो सरस्वती है। आपने देखा ही है। संस्कृत पढ़ी है।"

"ठीक है। देखिए, बाबा विश्वनाथ हैं।" मित्र की तरह पर उतरे गले से कहा।

रामखेलावनजी डरे कि बिगाड़ न दे। दिल से जानते थे, बदमाश है, उनकी तरफ़ से झूठ गवाही दे चुका है रुपये लेकर; लेकिन लाचार थे; कहा—"हम तो आपमें बाबा विश्वनाथ को ही देखते हैं। यह काम आपका बनाया बनेगा।"

मित्र हँसा। बोला—"कह तो चुके। गाढ़े में काम न दे, वह मित्र नहीं—दुश्मन है।" सामने देख कर—"वह शास्त्रीजी का ही मकान है, सामने।" था वह किराये का मकान। अच्छी तरह देख कर कहा—"हैं नहीं बैठक में; शायद पूजा में हैं।"

दोनों बैठक में गये। मित्र ने पं० रामखेलावनजी को आश्वासन देकर कहा—आप बैठिए। मैं बुलाये लाता हूँ।

पं० रामखेलावनजी एक कुर्सी पर बैठे। मित्रवर

आवाज़ देते हुए ज़ीने पर चढ़े।

जिस तरह मित्र ने यहाँ रोब गाँठा था, उसी तरह शास्त्री जी पर गाँठना चाहा। वह देख चुका था, शास्त्री खिजाब लगाते हैं, अर्थ-विवाह के सिवा दूसरा नहीं। शास्त्रीजी बढ़-बढ़ कर बातें करते हैं, यह मौक़ा बढ़ कर बातें करने का है। उसका मंत्र है, काम निकल जाने पर बेटा बाप का नहीं होता। उसे काम निकालना है।

शास्त्री जी ऊपर एकान्त में दवा कूट रहे थे। आवाज़ पहचानकर बुलाया। मित्र ने पहुँचने के साथ देखा—खिजाब ताजा है। प्रसन्न होकर बोला—"मेरी मानिए, तो वह ब्याह कराऊँ, जैसा कभी किया न हो, और बहू अप्सरा, संस्कृत पढ़ी, रुपया भी दिलाऊँ।"

शास्त्री जी पुलकित हो उठे। कहा—"आप हमें दूसरा समझते हैं?—इतनी मित्रता—रोज़ की उठक-बैठक, आप मित्र ही नहीं—हमारे सर्वस्व हैं। आपकी बात न मानेंगे तो क्या रास्ता-चलते की मानेंगे?—आप भी!"

"आपने अभी स्नान नहीं किया शायद? नहा कर चन्दन लगा कर, अच्छे अपड़े पहन कर नीचे आइए। विवाह करनेवाले जमींदार साहब हैं। वहीं परिचय कराऊँगा। लेकिन अपनी तरफ़ से कुछ कहिएगा मत। नहीं तो, बड़ा आदमी है, भड़क जायगा। घर की शेखी में मत भूलिएगा। आप जैसे उसके नौकर हैं। हाँ, जन्म-पत्र

अपना हर्गिज़ न दीजिएगा। उम्र का पता चला तो न करेगा। मैं सब ठीक कर दूँगा। चुपचाप बैठे रहिएगा। नौकर कहाँ है ?"

"बाज़ार गया है।"

"आने पर मिठाई मँगवाइयेगा। हालाँ कि खायगा नहीं। मिठाई से इनकार करने पर नमस्कार करके सीधे ऊपर का रास्ता नापिएगा। मैं भी यह कह दूँगा, शास्त्रीजी ने आधे घण्टे का समय दिया है।"

शास्त्री गजानन्दजी गद्गद हो गये। ऐसा सच्चा आदमी यह पहला मिला है, उनका दिल कहने लगा। मित्र नीचे उतरा और मित्र से गम्भीर होकर बोला—"पूजा में हैं; मैं तो पहले ही समझ गया था। दस मिनट के बाद आँख खोली, जब मैंने घंटी टिनटिनाई। जब से स्त्री का देहान्त हुआ है, पूजा में ही तो रहते हैं। सिर हिलाकर कहा—चलो। देखिए, बाबा विश्वनाथ ही हैं—हे प्रभो। शरणागत-शरण ! तुम्हीं हो—बाबा विश्वनाथ !" कहते हुए मित्र ने पलकें मूँद लीं।

इसी समय पैरों की आहट मालूम दी। देखा, नौकर आ रहा था। डाँट कर कहा—"पंखा झल। शास्त्रीजी अभी आते हैं।"

नौकर पंखा झलने लगा। वैद्य का बैठका था ही। पं० रामखेलावनजी प्रभाव में आ गये। आधे घण्टे बाद

जीने में खड़ाऊँ की खटक सुन पड़ी। मित्र उठ कर हाथ जोड़ कर खड़ा हो गया, उँगली के इशारे पं० रामखेलावन जी को खड़े हो जाने के लिए कह कर। मित्र की देखा-देखी पंडित जी ने भी भक्तिपूर्वक हाथ जोड़ लिये। नौकर अचंभे से देख रहा था। ऐसा पहले नहीं देखा था।

शास्त्रीजी के आने पर मित्र ने घुटने तक झुककर प्रणाम किया। पं० रामखेलावनजी ने भी मित्र का अनुसरण किया। "बैठिए, गदाधरजी," कोमल सभ्य कंठ से कह कर गजानन्दजी अपनी कुर्सी पर बैठ गये। वैद्यजी की बढ़िया गद्दीदार कुर्सी बीच में थी। पं० रामखेलावनजी आश्चर्य और हर्ष से देख रहे थे। आश्चर्य इसलिए कि शास्त्रीजी बड़े आदमी तो हैं ही, उम्र भी अधिक नहीं, २५ से ३० की कहने की हिम्मत नहीं पड़ती।

शास्त्रीजी ने नौकर को पान और मिठाई ले आने के लिए भेजा और स्वाभाविक बनावटी विनम्रता के साथ मित्रवर गदाधर से आगन्तुक अपरिचित महाशय का परिचय पूछने लगे। पं० गदाधरजी बड़े उदात्त कंठ से पं० रामखेलावनजी की प्रशंसा कर चले, पर किस अभिप्राय से वह गये थे, यह न कहा। कहा—"महाराज! आप एक अत्यन्त आवश्यक गृहधर्म से मुक्त होना चाहते हैं।"

पलकें मूँदते हुए, भावावेश में, शास्त्रीजी ने कहा—"काशी तो मुक्ति के लिए प्रसिद्ध है।"

"हाँ, महाराज!" मित्र ने और आविष्ट होते हुए कहा—"वह तो सबसे बड़ी मुक्ति है, पर यह साधारण मुक्ति ही है, आप जैसे बाबा विश्वनाथ के परमसिद्ध भक्त स्वीकारमात्र से इस भव-बंधन से मुक्ति दे सकते हैं।" कह कर हाथ जोड़ दिये। पं० रामखेलावनजी ने भी साथ दिया।

हाँ, नहीं, कुछ न कह कर एकान्त धार्मिक दृष्टि को परम सिद्ध पं० गजानन्दजी शास्त्री पलकों के अन्दर करके बैठे रहे।

इसी समय नौकर पान और मठाई ले आया। शास्त्रीजी ने खटक से आँखें खोल कर देखा, नौकर को शुद्ध जल ले आने के लिए कह कर बड़ी नम्रता से पं० रामखेलावन जी को जलपान करने के लिए पूछा। पं० रामखेलावनजी दोनों हाथ उठा कर जीभ काट कर सिर हिलाते हुए बोले—"नहीं नहीं, महाराज, यह तो अधर्म है। चाहिए तो हमें कि हम आपकी सेवा करें, बल्कि आपके सेवा-सम्बन्ध में सदा के लिए—"

"अहाहा! क्या कही!—क्या कही!" कह कर, पूरा दोना उठा कर एक रसगुल्ला मुँह में छोड़ते हुए मित्र ने कहा—"बाबा विश्वनाथजी के वर से काशी का एक-एक बालक अन्तर्यामी होता है, फिर उनकी सभा के पारिषद शास्त्रीजी तो—"

शास्त्रीजी अभिन्न स्नेह की दृष्टि से प्रिय मित्र को देखते

रहे। मित्र ने, स्वल्पकाल में रामभवन का प्रसिद्ध मिष्टान्न उदरस्थ कर जलपान के पश्चात् मगही बीड़ों की एक नत्थी मुखव्यादान कर यथा-स्थान रक्खी। शास्त्रीजी विनयपूर्वक नमस्कार कर ज़ीना तै करने को चले। उनके पीठ फेरने पर मित्र ने रामखेलावनजी को पंजा दिखा कर हिलाते हुए आश्वासन दिया। शास्त्रीजी के अदृश्य होने पर इशारे से पं० रामखेलावनजी को साथ लेकर वासस्थल की ओर प्रस्थान किया।

रामखेलावनजी के मौन पर शास्त्रीजी का पूरा-पूरा प्रभाव पड़ चुका था। कहा—"अब हमें इधर से जाने दीजिए; कल रुपये लेकर आयेंगे। लेकिन इसी महीने विवाह हो जाय।"

"इसी महीने—इसी महीने," गंभीर भाव से मित्र ने कहा—"जन्मपत्र लड़की का लेते आइएगा। हाँ, एक बात और है। बाक़ी डेढ़ हज़ार में बारह सौ का ज़ेवर होना चाहिए, नया; आइएगा, हम ख़रीदवा देंगे,"—दल्लाली की सोचते हुए—कहा—"आपको ठग लेगा। आप इतना तो समझ गये होंगे कि इतने के बिना बनता नहीं, तीन सौ रुपये रह जायँगे। खिलाने-पिलाने और परजों को देने को बहुत है। बल्कि कुछ बच जायगा आपके पास। फ़िज़ूल ख़र्च हो यह मैं नहीं चाहता। इसी लिए, ठोस-ठोस काम-वाला ख़र्च कहा। अच्छा, नमस्कार!"

(४)

शास्त्रीजी का व्याह हो गया। सुपर्णा पति के साथ है। शास्त्रीजी व्याह करते-करते कोमल हो गये थे। नवीना सुपर्णा को यथाभ्यास सब प्रकार प्रीत रखने लगे।

बाग़ से लौटने पर सुपर्णा के हृदय में मोहन के लिए क्रोध पैदा हुआ। घर वालों ने सख्त निगरानी रखने के अलावा, डर के मारे उससे कुछ नहीं कहा। उसने भी विरोध किये बिना विवाह के बहाव में अपने को बहा दिया। मन में यह प्रतिहिंसा लिये हुए कि मोहन इस बहते में मिलेगा और उसे हो सकेगा तो उचित शिक्षा देगी। शास्त्री जी को एकान्त भक्त देख कर मन में मुस्कराई।

सुपर्णा का जीवन शास्त्रीजी के लिए भी जीवन सिद्ध हुआ। शास्त्रीजी अपना कारोबार बढ़ाने लगे। सुपर्णा को वैद्यक की अनुवादित हिन्दी-पुस्तकें देने लगे, नाड़ी-विचार चर्चा आदि करने लगे। उस आग में तृण की तरह जल-जल कर जो प्रकाश देखने लगे, वह मर्त्य में उन्हें दुर्लभ मालूम दिया। एक दिन श्रीमती गजानन्द शास्त्रिणी के नाम से स्त्रियों के लिए बिना फ़ीस वाला रोग-परीक्षणालय खोल दिया—इस विचार से कि दवा के दाम मिलेंगे, फिर प्रसिद्धि होने पर फ़ीस भी मिलेगी।

लेकिन ध्यान से सुपर्णा के पढ़ने का कारण कुछ और है। शास्त्रीजी अपनी मेज़ की सजावट तथा प्रतीक्षा करते

रोगियों के समय काटने के विचार से 'तारा' के ग्राहक थे। एक दिन सुपर्णा 'तारा' के पन्ने उलटने लगी। मोहन की एक रचना छपी थी। यह उसकी पहली प्रकाशित कविता थी। विषय था व्यर्थ प्रणय। बात बहुत कुछ मिलती थी। लेकिन कुछ निन्दा थी—जिस प्रेम से कवि स्वर्ग से गिरा जाता है—उसकी। काव्य की प्रेमिका का उसमें वही प्रेम दर्शाया गया था। सुपर्णा चौंकी। फिर संयत हुई और नियमित रूप से 'तारा' पढ़ने लगी।

एक साल बीत गया। अब सुपर्णा हिन्दी में मजे में लिख लेती है। मोहन से उसका हाड़-हाड़ जल रहा था। एक दिन उसने पातिव्रत्य पर एक लेख लिखा। आजकल के छायावाद के सम्बन्ध में भी पढ़ चुकी थी और बहुत कुछ अपने पति से सुन चुकी थी। काशी हिन्दी के सभी वादों की भूमि है। प्रसाद काशी के ही हैं। उनके युवक पाठक शिष्य अनेक शास्त्रियों को बना चुके हैं। पं० गजानन्द शास्त्री गंगा नहाते समय कई बार तर्क कर चुके हैं, उत्तर भी भिन्न मुनि के भिन्नमत की तरह अनेक मिल चुके हैं। एक दिन शास्त्रीजी के पूछने पर एक ने कहा—"छायावाद का अर्थ है शिष्टतावाद; छायावादी का अर्थ है सुन्दर साफ़ वस्त्र और शिष्ट भाषा धारण करनेवाला; जो छायावादी है, वह सुवेश और मधुरभाषी है; जो छायावादी नहीं है वह काशी के शास्त्रियों की तरह अंगोछा पहनने-

वाला है या नंगा है।" दूसरे दिन दो थे। नहा रहे थे। शास्त्रीजी भी नहा रहे थे। "छायावाद क्या है?"—शास्त्रीजी ने पूछा। उन्होंने शास्त्रीजी को गंगा में गहरे ले जाकर डुबाना शुरू किया, जब कई कुल्ले पानी पी गये, तब छोड़ा; शिथिल होकर शास्त्रीजी किनारे आये, तब लड़कों ने कहा—"यही है छायावाद!" फलतः शास्त्रीजी छायावाद और छायावादी से मौलिक घृणाकरने लगे थे, और जिज्ञासु षोड़शी प्रिया को समझाते रहे कि छायावाद वह है, जिसमें कला के साथ व्यभिचार किया जाता है तरह-तरह से। आइडिया के रूप में, सुपर्णा-जैसी ओजस्विनी लेखिका के लिए इतना बहुत था। आदि से अन्त तक उसके लेख में प्राचीन पतिव्रतधर्म और नवीन छायावादी व्यभिचार प्रचारक के कण्ठ से बोल रहा था। शास्त्रीजी ने कई बार पढ़ा और पत्नी को सती समझ कर मन ही मन प्रसन्न हुए। वह लेख सम्पादकजी के पास भेजा गया। सम्पादकजी लेखिकामात्र को प्रोत्साहित करते हैं, ताकि हिन्दी की मरुभूमि सरस होकर आबाद हो, इसलिए लेख या कविता के साथ चित्र भी छापते हैं। शास्त्रिणीजी को लिखा। प्रसिद्धि के विचार से शास्त्रीजी ने एक अच्छा-सा चित्र उतरवाकर भेज दिया। शास्त्रिणी जी का दिल बढ़ गया, साथ उपदेश देनेवाली प्रवृत्ति भी।

इसी समय देश में आन्दोलन शुरू हुआ। पिकेटिङ्ग के

के लिए देवियों की आवश्यकता हुई—पुरुषों का साथ देने के लिए भी। शास्त्रिणीजी की मारफ़त शास्त्रीजी का व्यवसाय अब तक भी न चमका था। शास्त्रीजी ने पिकेटिङ्ग में जाने की आज्ञा दे दी। इसी समय महात्माजी बनारस होते हुए कहीं जा रहे थे, कुछ घन्टों के लिए उतरे। शास्त्रीजी की सलाह से, एक ज़ेवर बेच कर, शास्त्रिणीजी ने दो सौ रुपये की थैली उन्हें भेंट की। तन, मन और धन से देश के लिए हुई इस सेवा का साधारण जनता पर असाधारण प्रभाव पड़ा। सब धन्य-धन्य कहने लगे। शास्त्रिणी जी पूरी तत्परता से पिकेटिंग करती रहीं। एक दिन पुलिस ने दूसरी स्त्रियों के साथ उन्हें भी लेकर एकान्त में, कुछ मील शहर से दूर, सन्ध्या समय, छोड़ दिया। वहाँ से उनका मायका नज़दीक था। रास्ता जाना हुआ। लड़कपन में वहाँ तक वह खेलने जाती थीं। पैदल मायके चली गईं। दूसरी देवियों से नहीं कहा, इसलिए कि ले जाना होगा और सबके लिए वहाँ सुविधा न होगी। प्रातःकाल देवियों की गिनती में यह एक घटीं, सम्वादपत्रों ने हल्ला मचाया। ये तीन दिन बाद विश्राम लेकर मायके से लौटीं, और शोकसन्तप्त पतिदेव को और उच्छृङ्खल रूप से बड़बड़ाते हुए सम्वादपत्रों को शान्त किया—प्रतिवाद लिखा कि सम्पादकों को इस प्रकार अधीर नहीं होना चाहिए।

आन्दोलन के बाद इनकी प्रेक्टिस चमक गई। बड़ी देवियाँ आने लगीं। बुलावा भी होने लगा। चिकित्सा के साथ लेख लिखना भी जारी रहा। यह बिलकुल समय के साथ थीं। एक बार लिखा—'देश को छायावाद से जितना नुक़सान पहुँचा है, उतना ग़ुलामी से नहीं।" इनके विचारों का आदर नोम-राजनीतिज्ञों में क्रमशः ज़ोर पकड़ता गया। प्रोग्रेसिव राइटर्स ने भी बधाइयाँ दीं और इन की हिन्दी को आदर्श मान कर अपनी सभा में सम्मिलित होने के लिए पूछा। अस्तु, शास्त्रिणीजी दिन पर दिन उन्नति करती गईं। इस समय नया चुनाव शुरू हुआ। राष्ट्रपति ने कांग्रेस को वोट देने के लिए आवाज़ उठाई। हर ज़िले से कांग्रेस उम्मीदवार खड़े हुए। देवियाँ भी। वे मर्दों के बराबर हैं। शास्त्रिणीजी भी जौनपुर से खड़ी होकर सफल हुईं। अब उनके सम्मान की सीमा न रही। एम्० एल० ए० हैं। "कौशल" में उनके निबन्ध प्रकाशित होते थे। लखनऊ आने पर, कौशल के प्रधान सम्पादक एक दिन उनसे मिले और "कौशल" कार्यालय पधारने के लिए प्रार्थना की। शास्त्रिणी जी ने गर्वित स्वीकारोक्ति दी।

"कौशल"-कार्यालय सजाया गया। शास्त्रिणीजी पधारीं। मोहन एम्० ए० होकर यहाँ सहकारी है, लेकिन लिखने में हिन्दी में अकेला। शास्त्रिणीजी ने देखा।

मोहन ने उठ कर नमस्कार किया। "आप यहाँ" शास्त्रिणी जी ने प्रश्न किया। "जी हाँ," मोहन ने नम्रता से उत्तर दिया—"यहाँ सहायक हूँ।" शास्त्रिणीजी उद्धत भाव से हँसीं। उपदेश के स्वर में बोलीं—"आप ग़लत रास्ते पर थे!"

कला की रूपरेखा

(सत्य घटना)

प्रयाग में था, लूकरगंज में, पं० वाचस्पति पाठक के यहाँ। 'लीडर-प्रेस' में 'निरुपमा' बेचने गया था। जाड़े के दिन। १९३६ का प्रारम्भ। चाय पीने की लत है। चाय के साथ हिन्दू मिठाई, फल, टोस्ट वग़ैरह खाते हैं, मैं अंडे खाता हूँ—बायल्ड, हाफ़-बायल्ड या पोच, समय रहा तो आमलेट; अंडे बत्तख़ के नहीं, मुर्ग़ी के। पाठक की मा मुर्ग़ी का पर देख लें तो मकान छोड़ दें, लिहाज़ा सुबह उठ कर स्टेशन जाता था, एक मुसलमान की दूकान में, पाठक देखते थे, मैं खाता-पीता था।

जाते-आते रास्ते में बातचीत होती थी, तरह-तरह की। पाठक मुझ से ग्यारह-बारह साल छोटे हैं। इस समय, अट्ठाईस और चालीस की पटरी बैठ सकती है, उस समय, जब पाठक पाँच के और मैं सत्रह का था, अवश्य कोई साम्य न रहा होगा। आज इँगलैंड की निगाह में भारत जितना समझदार और शक्तिशाली है, मेरी निगाह में पाठक उतने भी न रहे होंगे; मैं 'जुही की कली' का कवि था और पाठक पहली किताब के पाठक। लेकिन पहलेपहल जब मेरी पाठक से मुलाकात हुई, काशी में,—मैं तीस का और पाठक अट्ठारह के, वह मेरे घनिष्ठ, कवि-प्रिय मित्र होकर मिले। मेरी विशेषता मेरे काशी जाने से पहले पहुँच

चुकी थी, इसलिए अपने एक मित्र के यहाँ, जिन्होंने एक वेश्या को पत्नी-रूप से रख कर सामाजिक श्रेय प्राप्त किया है—बड़े भगवद्भक्त हैं, मुझे मछली पकवाकर खिलाई।

एक रोज़, जब लूकरगंज से हम लोग स्टेशन की तरफ़ चले, उन्होंने मुझ से पूछा—"कला क्या है?"

मैंने कहा—"कुछ नहीं।"

पाठक उड़ी निगाह से मुझे देखने लगे। मालूम नहीं, क्या सोचा। मुमकिन, जैसा सब सोचते हैं, उन्होंने भी सोचा हो।

मैंने फिर कहा—"जो अनन्त है, वह गिनी नहीं जा सकता। इसलिये 'कुछ नहीं' कहा। इसका बड़ा अच्छा उदाहरण है। कला उसी तरह की सृष्टि है, जैसे आप सामने देखते हैं, बल्कि यही सृष्टि लिखने की कला की ज़मीन है। अनादिकाल से अब तक सृष्टि को गिनने की कोशिश जारी है, पर अभी तक यह गिनी नहीं जा सकी, अधिकांश में बाक़ी है। यह एक-एक सृष्टि एक-एक कला है। फलतः कला क्या है, यह बतलाना कठिन है। अद्वैत-वाद में, सृष्टि के गिनने की असमर्थता के कारण, सृष्टि का अस्तित्व ही उड़ा दिया गया है। इसलिए कहा, कला कुछ नहीं है। कला के दो-चार, दो-चार सौ, दो-चार हज़ार, दो-चार लाख, दो-चार करोड़ रूप ही बतलाये जा सकते हैं। पर इससे कला पूरी-पूरी न बतलाई गई। पर एक बोध है,

उसका स्पष्टीकरण किया जा सकता है, जैसे ब्रह्म के अलग-अलग रूपों की बात नहीं कही गई, केवल 'सच्चिदानन्द' कह दिया गया है। इसी को साहित्यिकों ने 'सत्य, शिव और सुन्दर' कह कर अपनाया है। बोध वह है, जैसी कला हो, उसके विकास-क्रम का वैसा ज्ञान। इसके लिए प्राचीन और नवीन परम्परा भी सहायक है और स्वजातीय और विजातीय ज्ञान के साथ मौलिक अनुभूति और प्रतिभा भी।"

फिर हिन्दी के भिन्न-भिन्न अङ्गों की बात-चीत होती रही। हिन्दी-भाषियों का मस्तिष्क दुर्बल है, रूढ़िग्रस्त होने के कारण। वहाँ नवीन विचारधारा जल्द नहीं प्रवेश पाती, यद्यपि भारतीय समस्त साहित्य का इतिहास समस्त प्रकार की मौलिकता लिये हुए है। हिन्दी का समाज-संस्कार अनुरूप न होने के कारण उपन्यास उच्चता तक नहीं पहुँच रहे—बहुत जगह भविष्य-समाज की कल्पना कर लिखा जाता है। काव्य, कहानी, प्रबन्ध, नाटक, इन सबका लेखक जो मनुष्य है, वह अनेक रूपों में अभी विकसित नहीं हुआ। बड़ी कमज़ोरियाँ हैं। फलतः साहित्य अभी साहित्य नहीं हो सका। मैं कहता गया, ये सब नाई हैं अपनी बारात में ठाकुर बने हुए। कुछ नाम भी गिनाये, कलकत्ते से लाहौर तक। तब तक स्टेशन आ गया। मेरा मुसलमान दूकानदार आदर की दृष्टि से मुझे देख कर अंडे फोड़ने

चला। अंडे उबाले हुए रक्खे थे; मैं बैठ गया, पाठक वहीं दो-चार क़दम इधर-उधर टहलते रहे। कुछ और भी चाय-पीनेवाले मुसलमान सज्जन थे।

एक दुबले-पतले प्रायः पचास साल के मुसलमान सज्जन ग़ौर से मुझे देखते रहे। उनकी आँखों के आश्चर्य का मैं चुपचाप आनन्द लेता रहा। अन्त तक उनसे न रहा गया, पूछा—

"जनाब पंजाबी हैं?"

मैंने सोचा, जितनी कम मिहनत हो, अच्छा है; कहा—"जी"

उन्होंने पूछा—"करोबार करते हैं?"

मैंने कहा—"जी"

उन्होंने पूछा—"यहीं?"

मैंने कहा—"नहीं, लखनऊ में।" मैं अंडेवाला प्लेट उठा कर काँटे से खाने लगा। प्रश्नकर्ता को अभी पूरी-पूरी दिलजमई न हुई थी।

पूछा—"काहे का कारोबार करते हैं?"

मैंने बिना विचार किये कह दिया—"रेशम का।"

ज्यों मुसलमान सज्जन का आश्चर्य बढ़ा त्यों ही मैंने भी सोचा, "यार, पंजाब में रेशम की पैदावार कहाँ होती है, कारख़ाने कहाँ हैं, यह तो नहीं मालूम; उधर से पश्मीने आते हैं, जानता हूँ; पेशावर, काश्मीर वग़ैरह के पश्मीने

मशहूर हैं।" बदल कर बोला—" लेकिन मैं स्वीज़रलैंड से रेशम मँगाता हूँ।" कह कर मैं गम्भीर भाव से अंडे खाने लगा। सोचा—

" स्वीजरलैंड एक सुन्दर देश है, वहाँ रेशम ज़रूर बनता होगा, और न भी बनता हो तो क्या ?—मियाँ ख़त-ब-ख़ाल से मालूम देते हैं, उन्होंने स्वीज़रलैंड का नाम पहले-पहल सुना है।"

"जनाब का इस्मशरीफ़ ?"

एक बार इस 'इस्मशरीफ़' शब्द से बड़ा धोखा खाया था; सोचा था, वह 'दौलतख़ाने' का पर्यायवाची है, लेकिन जैसा धोखा मैंने खाया, जवाब सुन कर वैसा ही पूछनेवाले ने। मेरे विशुद्ध संस्कृत में दिये स्थान-परिचय को उन्होंने नाम-परिचय समझा। तब मैं मेदिनीपुर में रहता था। जानता था, 'पुर' कहूँगा तो मेरी तरह ये संशय में न रहेंगे। कहा—'मेदिनीदल' उन्होंने 'जुझारमल' की तरह का एक नाम यह भी होगा, सोच लिया।

इस बार जल्दी-जल्दी मुसलमानी नाम याद करने लगा तो एक भी नाम न आया। पेट में, 'महम्मद-महम्मद' हो रहा था, लेकिन कहने की हिम्मत नहीं पड़ती थी; वङ्किम-चन्द्र की याद आई, उन्होंने अपने एक हिन्दू-पात्र से 'महम्मद' के नाम एक प्रेम-पत्रिका शाही कैम्प में भिजवाई है, इस निश्चय से कि इस नाम का कोई सैनिक अवश्य

होगा। वहाँ कई महम्मद निकले, एक दूसरे से लड़ने लगे। नाम बताने में जरा भी देर शङ्का पैदा करती है। मुझे नाम तो न याद आया, पर समझ ने साथ न छोड़ा।—मुँह का अंडा निगला जा चुका था, पर मैं मुसलमान सज्जन की ओर मुँह किये विराट् रूप से मुँह चलाये जा रहा था, सिर हिलाता हुआ उन्हें आश्वसन दे रहा था कि जरा देर ठहर जाइए। फिर भी नाम न आया। अन्त में बड़ी मुश्किल से एक शब्द याद आया। पर वैसा नाम मैंने स्वयम् कभी नहीं सुना। उधर मियाँ का धैर्य छूट रहा था—मेरी पागुर बन्द नहीं हो रही थी।

मैंने कहा—"जनाब, मुझे वकूफहुसेन कहते हैं।" मियाँ उसे और मुलायम करके बोले..."उकूफहुसेन ?"

मैंने कहा—"जी"

मियाँ बढ़े। मैंने चाय पीना शुरू किया। पाठक पीछे थे। शायद सामने से ज्यादा हँसी आती थी।

जब चाय पीकर दाम देकर चला, तब, रास्ते में, पाठक ने मुझ से कहा—"आपने 'वकूफ' शब्द का एक अक्षर छोड़ क्यों दिया ?"

मैंने बैसवाड़ी में कहा—"तुम थे, इसलिए।"

अभी हम लोगों ने स्टेशन का अहाता पार नहीं किया था। अहाते में मदरासियों का एक दल बैठा हुआ देख पड़ा। मैंने सोचा, शायद ये लोग कुम्भ नहाने आये थे।

इतने ही में कि उनमें से एक आदमी, उम्र पैंतालीस के लगभग, भौंरे का रंग, खासा मोटा-तगड़ा, एक लँगोटी से किसी तरह लाज बचाये हुए, उतने जाड़े में नंगा बदन, दौड़ा हुआ मेरे पास आया और एक साँस में इतना कह गया कि मैं कुछ भी न समझा। मैंने फिर पूछा। टूटी-फूटी हिन्दी में पूरे उच्छ्वास से वह फिर कहने लगा। इस बार मतलब मेरी समझ में आया। वह यात्री है, मदरास का रहने वाला, कुम्भ नहाने आया था, यहाँ चोर उसके कपड़े-लत्ते, माल असबाब उठा ले गये, गठरियों में ही रुपये पैसे थे, अब वह (अपने आदमियों के साथ) हर तरह लाचार है, दिन तो किसी तरह धूप खाकर भीख माँग कर पार कर देता है, पर रात काटी नहीं कटती। जाड़ा लगता है। वह एक दृष्टि से मेरा मोटा खद्दर का चादरा देख रहा था। मैं विचार न कर सका, उतार कर दे दिया। वह मारे आनन्द के दौड़ा हुआ अपने साथियों के पास गया और इस महादान की तारीफ़ करने लगा मेरी तरफ़ उँगली उठा कर बतलाता हुआ।

पाठक संसार के चक्रान्त की बातें सोच रहे थे—देश दुर्दशाग्रस्त है, इसलिए कितने चक्कर रोज़ देशवासियों को खाने पड़ते हैं—कितने लोग उन्हें छलते रहते हैं—कितने प्रकार प्रचलित हैं। मुझसे बोले—"आख़िर आपने अपना बतलाया नाम यहाँ सार्थक कर दिया न?—यह अभी

दोपहर को, गुदड़ीबाज़ार में, चार आने में, यह चादरा बेचेगा।"

मैंने कहा—"धोखा भी हो सकता है और इसकी बात भी सच हो सकती है। यह मदरास से यह सोच कर तो चला नहीं होगा कि गुदड़ीबाज़ार में कपड़ा बेचेगा।"

पाठक अप्रसन्न होकर बोले—"मैं आपके देने का विरोध नहीं करता, लेकिन—"

मेरे पास कपड़े कम रहते हैं, कम थे, लेकिन के बाद वह इसी भाव की पूर्ति करना चाहते थे, पर रुक गये।

हम लोग लूकरगंज आये। धीरे-धीरे दो महीने बीते। लखनऊ कांग्रेस के समय सत्ताइस मार्च को वह मेरे साथ लखनऊ आये और मेरे मकान में ठहरे। धीरे-धीरे कांग्रेस का समय आया। उनके दो मित्र, जो मेरे भी मित्र हैं, आकर ठहरे। जहाँ तक विना टिकट के देखा जा सकता था, मैंने घूम-फिर कर कई रोज़ देखा। दो-तीन रुपये प्रदर्शिनी देखने और महात्माजी के व्याख्यान सुनने में ख़र्च किये। प्रदर्शिनी के कवि-सम्मेलन में नहीं जाता, यहाँ भी नहीं गया। जो कुछ हुआ, सम्वाद मालूम कर लिया। सब्जेक्ट-कमेटी की बैठकें देखने की इच्छा थी, पर वह दृश्य अप्सराओं के नृत्य देखने से भी महँगा था। पाठक बोले—"मेरा पास लेकर देख आइए।" मैंने कहा—"वहाँ बहुत-से लोग होंगे, जो मुझे पहचानते होंगे। फिर

प्रेस-रिपोर्टरों की जगह मुझे कोई अपने पास से भी कुछ देकर बैठने के लिए कहे तो मैं न बैठूँ।"

पाठक लड़ने लगे, बोले—"वह सबसे बढ़िया जगह होती है!"

मैंने कहा--"होगी। मैं न जाऊँगा।"

कांग्रेस शुरू हुई। पहले दिन मैं न गया। आगे भी जाने का विचार न था। कारण, प्रेस-रिपोर्टर की हैसियत से जाना मुझे पसन्द न था, और तीन दिन तक दाम खर्च कर जाने में अड़चन थी। प्रयाग से ढाई सौ रुपये ले आया था। प्राय: सब ख़र्च हो चुका था, कई महीने के बाक़ी मकान किराये और भोजन के ख़र्च में।

दूसरे दिन जब कांग्रेस की बैठक शुरू होने को हुई, मेरे मकान से लोग चलने को हुए तो मैं सोने का सुबीता करने लगा।

जो मारवाड़ी सज्जन आये हुए थे, उन्होंने कहा—"निरालाजी, मैं कई दिनों से देख रहा हूँ, आप सोते बहुत हैं।"

मैंने कहा—"हाँ, यह तो है, पर जब जागता हूँ, तब पन्द्रह-पन्द्रह रात लगातार नहीं सोता।"

मारवाड़ी सज्जन हँसे। बोले—"चलिए।"

मैं बड़े संकट में पड़ा, कैसे कहूँ मेरे पास ख़र्च की कमी है। कहा—"कांग्रेस में बड़ी गरमी है।"

" हाँ, पर हवा अच्छी चलती है।" मारवाड़ी सज्जन बड़े मजेदार आदमी मालूम दिये। मैं उनके उत्तर पर मुस-किरा रहा था, तब तक एक पच्चीस रुपये का टिकट निकाल कर उन्होंने कहा—" यह टिकट आपके लिए है।"

मैं चला। मैं और मारवाड़ी सज्जन एक ही जगह पर थे। वह जगह कुछ ऊँची थी। कुछ दूर पर बड़े-बड़े नेता और नेत्रियाँ। देखा, एक-एक छोटी मेज़ के पीछे प्रेस रिपो-र्टर बैठे थे। पं० दुलारेलाल भार्गव, ठाकुर श्रीनाथसिंह आदि-आदि परिचित-अपरिचित। श्रीमती कमला चट्टो-पाध्याय को मैं ग़ौर से देख रहा था। उन्हें पहले ही पहल देखा था। कभी-कभी श्रीमती सरोजिनी नायडू से बातें करती थीं, उठ कर उनके पास जा कर। रह-रह कर उस समर्पण की याद आ रही थी, जो मिस्टर चट्टोपाध्याय ने अपने एक अँगरेज़ी-पद्य संग्रह का किया है, इस तरह का—To K, the first sunshine of my life (मेरे जीवन की प्रथम सूर्य-किरण " क " को)। फिर इस राजनीतिक जीवन के घोर परिवर्तन पर सोच रहा था, जहाँ दोनों एक दूसरे के काव्य के विषय नहीं—जीवन के अन्तरंग नहीं, स्पर्द्धा के विषयहो गये हैं।

शाम को बाहर निकला। एकाएक एक ऊँची आवाज़ आई। देखा, एक स्वयं सेवक दौड़ा आ रहा है, स्वयं सेवक की वर्दी पहने हुए। मुझे देख कर दोनों हाथ उठा कर फिर

उसने हर्षध्वनि की। मुझे ऐसा मालूम देने लगा जैसे उसे स्वप्न में कभी देखा हो। मुझे पहचानता हुआ न जान कर उसने आनन्द पूर्ण लड़खड़ाती हिन्दी में कहा—"मैं वही हूँ, जिसे आपने चादरा दिया था।"

मुझे कला का जीवित रूप जैसे मिला। प्रसन्न आँखों से देखता हुआ मैं तत्काल कुछ कह न सका। संयत होकर बोला—"आप कांग्रेस में आ गये, अच्छा हुआ।" उसने कहा—"फिर मैं वहाँ स्वयंसेवकों में भरती हो गया।"

प्रसन्न-चित्त बाहर निकल कर मन में मैंने कहा—"पाठक मिलें तो बताऊँ, कैसे गुदड़ी बाज़ार में इसने चादरा बेचा।"

कई दिन हो गये। कांग्रेस ख़त्म हो गई। पाठक वग़ैरह चले गये। मैं शाम को कैसर बाग़ में टहल रहा था कि वह मनुष्य मेरी ओर तेज़ क़दम आता देख पड़ा मैं खड़ा हो गया। मेरे पास आकर उसने कहा—"अब गरमी बहुत पड़ने लगी है। देश जाना चाहता हूँ। रेल का किराया कहाँ मिलेगा? पैदल जाना चाहता हूँ।"

मैंने बीच में बात काट कर कहा—"क्या कांग्रेस के लोग आपकी इतनी-सी मदद नहीं कर दे सकते?"

उसने कहा—"नहीं, कांग्रेस का यह नियम नहीं है। मैं मिला था। मुझे यह उत्तर मिला है। ख़ैर, मैं भीख माँगता-खाता पैदल चला जाऊँगा। पर"—(अपने) पैरों

की ओर देख कर कहा—"गरमी बहुत पड़ती है, पैर जल जाते हैं, अगर एक जोड़ी चप्पल आप ले दें।"

मुझ पर जैसे वज्रपात हुआ। मैं लज्जा से वहीं गड़ गया। मेरे पास तब केवल छः पैसे थे। इससे चप्पल नहीं लिये जा सकते। अपने चप्पल देखे, जीर्ण हो गये थे। लज्जित हो कर कहा—"आप मुझे क्षमा करें, इस समय मेरे पास पैसे नहीं हैं।"

उसने बीर की तरह मुझे देखा। फिर बड़े भाई की तरह आशीर्वाद दिया और मुस्किराकर अमीनाबाद की ओर चला। मैं खड़ा-खड़ा उसे देखता रहा, जब तक वह दृष्टि से ओझल नहीं हो गया।

क्या देखा

प्रेस की बग़ल में थाना है जहाँ शान्ति के ठेकेदार रहते हैं। हिन्दू-मुसलमानों की एकता के दृश्य कोई आँखें खोल कर देखना चाहे तो जब चाहे, हमारे पच्छिम वाले झरोखे से झाँक कर देख ले। यह अनन्य प्रेम हम सुबह-शाम हमेशा देखा करते हैं। तारीफ़ तो यह कि वह प्रेम केवल मनुष्यों में नहीं, वहाँ के पशु-पक्षियों में भी है। हिन्दुओं के पालतू कुत्ते और मुसलमानों की मुर्ग़ियां भी प्रेम करती हैं। उनका द्वेषभाव बिलकुल दूर हो गया है। वहीं पीपल के पेड़ के नीचे एक छोटे से चबूतरे पर भगवान् भूतनाथ जी स्थापित हैं। चार चावल चढ़ा कर चक्रवर्ती बनने के अभिलाषी शिवजी के अनन्य भक्त हिन्दूओं में से हर एक चार-चार चवालीस चावल तो जरूर चढ़ाता है, और श्रद्धेय शिवजी को अपने पञ्जों में फाँस कर—जैसे नीचे वाले पर ऊपर वाला साथ हक़्के के सवारी कसता है, मुर्ग़ियाँ शिवजी पर चढ़ाये चावल चुगा करती हैं और मारे आनन्द के सिर उठा कर 'कुकड़ूँकूँ' की हर्षध्वनि से हिन्दुओं को चर्कवर्ती (चक्की में पिसने वाला) बना देने के लिये ख़ुदा से दुआ माँगती हैं।

मुझे रात को नींद नहीं आई। सुबह को बिस्तर पर से उठ कर चारपाई की बग़ल में मेज के सहारे बैठा हुआ

आप बीती नई घटना पर बड़े ग़ौर से विचार कर रहा था। वह घटना बड़ी लम्बी-चौड़ी थी, और शृङ्गार से बीभत्स तक प्रायः सभी रस उसमें आ गये थे। सोचने लगा—

"उसका प्रेम सच्चा है या झूठा? उसने कहीं प्रेम की नक़ल तो नहीं की? परन्तु क्यों फिर उसने अपने पीछे मर मिटने वाले—पसीने की जगह ख़ून की नदियाँ बहाने वाले बड़े बड़े करोड़पतियों को उस दिन टके सा जवाब दे दिया?—वे बेचारे अपना सा मुँह लेकर लौट गये। अगर वह वेश्या है तो वह उसी की क्यों न हुई जिसके पास धन है? परन्तु—यह किसी दुश्मन की कारस्तानी भी हो सकती है कि मुझे फँसाने के लिये उससे सध कर यह जाल रचा हो? लेकिन उसकी भरी हुई आवाज़ में बनावट नहीं थी—त्रिया चरित्र का स्वर नहीं बज रहा था। कुछ हो, मैंने जिस शान पर स्त्री का मुँह देखने से इन्कार कर दिया है, उसे अन्त तक ज़रूर निभाऊँगा। बुरा हो इस साहित्य-सौन्दर्य का जिसके फेर में पड़ कर कवि सुन्दर लाल जी के साथ मुझे वेश्यालय जाना पड़ा और सौन्दर्योपासना की प्रथम पूजा मैंने एक वेश्या के चरणों पर अर्पित की!"

इतने में 'कुकड़ूकूं' के कर्कश नाद ने कान ऐंठ-से दिये। चौंक पड़ा, विचार का सिलसिला टूट गया।

(२)

दस बजते बजते सुन्दरलाल जी को भेजी हुई एक चिट्ठी मिली। चिट्ठी उनका नौकर मेज़ पर रख गया था। मालूम हुआ कि चिट्ठी मेरी नहीं, उनकी है; कारण से मेरे पास भेजी गई है। पत्र की इबारत इस तरह है—

१३, न्यू स्ट्रीट, कलकत्ता

३—९—'२३

प्रिय सुन्दर जी,

आज शाम को आप अपने मित्र को लेकर ज़रूर आइये; आपके मित्र वही जो उस दिन, बुध को, आये थे। ज़ियादा और क्या लिखूँ—

आपकी

हीरा

बस इतने ही से, पत्र के बाहरी समाचार के सिवा उसका अन्दरूनी मतलब समझ में नहीं आया। सिर पर सन्देह का भूत सवार था ही, लगा विचार की सीधी-टेढ़ी गलियां झाँकने। मैंने लाख प्रयत्न किये, पर इस बाग़ी से मेरी एक न चली; और चलती भी कैसे? सवार तो वही था न? मैं तो उस वक़्त किराये का टट्टू ही बन रहा था। अगर सौन्दर्योपासना की शरण लेता और उस देवी की भेंट—घड़ी भर का मोजरा सुनना कुबूल करता तो पहरों की उधेड़बुन में पड़ा अब तक हैरान न होता; पर इज़्ज़त का

ख़याल अङ्गद की तरह पैर जमाये रास्ता रोके हुए था। हठी मन बार बार कह उठता था—'असम्भव क्यों है ? सौन्दर्योपासना और ब्रह्मचर्य-पालन दोनों एक साथ क्यों नहीं निभ सकते ?' विरोधाभास कहता था—'तो फिर चलो, सुनो मोजरा, डरते क्यों हो ?—अनबूड़े बूड़े तिरे जे बूड़े सब अङ्ग।' दुश्मनों की शिकायत का ख़याल और महिलाओं की मर्यादा रखने की आदत पीछे हटाते थे तो साहित्य, सङ्गीत, कला, कौशल, रूप, लावण्य, अङ्गों की चारुता और मनोभावों की विशदता, सौन्दर्य का सारा परिवार लालच में फँसा कर लगाम ढीली कर देता था और बढ़ने का इशारा करता था। इस मौक़े पर रामायण की अच्छी अच्छी जितनी चौपाइयाँ याद थीं, घोख डालीं, पर असर उनका कुछ न हुआ। संस्कार महाराज मन के चर्ख़े पर सूत-जैसा कात रहे थे, गुनगुनाहट की तरफ़ ध्यान नहीं दिया। अन्त को यही सूझा कि चल कर सुन्दर लाल जी का सहारा माँगू; हाथ लगा देंगे बेड़ा पार हो जायगा, नहीं तो डोंगी करवट है ही।

नङ्गे सिर क्वार की कड़ी धूप बरदाश्त करते हुए किसी तरह मैंने मील भर रास्ता तै कर डाला। सुन्दर लाल जी पुस्तकालय में बैठे हुए कुछ लिख रहे थे। मुझे देखते ही क़लम रख दिया और मुस्कराते हुए कहा, इतनी जल्द-बाज़ी ? अभी तो पूरे छः घन्टे और इन्तज़ार करना है।"

"बात क्या है सुन्दर लाल जी, मेरी कुछ समझ में नहीं आता" मैं एक सांस में कह गया, "इससे मेरी ऐसी कोई जान पहचान नहीं, क्यों यह इतना मेरे पीछे पड़ रही है ! मुझे बचाइये।"

"अजी, वह बाघ है जो खा जायगी ? बुलाया है तो ज़रा देर मोजरा सुन लो। इससे चरित्र में धब्बा न लग जायगा। यहाँ सभी ऐसा करते हैं और साहित्य-सेवा के लिये यह आवश्यक विषय है।"

"नहीं, आप मुझे उसके पञ्जे से बचाइये।"

"ढोंग न करो। न जाओ, बस। यों कालिदास से लेकर अब तक जितने अच्छे कवि हुए सब के लिये, कहते हैं, जब साहित्य को बीमारी बढ़ी दवा एक यही रही जिससे कुछ फ़ायदा पहुँचा। कल के छोकड़े हो, साहित्य का परिणाम बाद को समझोगे।।"

कुछ उत्तर देना घाव को ताज़ा करना था। मैं लौट आया।

(३)

ठीक समय पर सुन्दर लाल हीरा के मकान पहुँच गये। बैठक में कई कुर्सियां रक्खी थीं, एक पर बैठ गये। बाँदी हीरा को खबर देने के लिये लचकती हुई दूसरे कमरे में गई। दीवार पर कई चित्र टंगे थे, प्रायः सभी हीरा के, नाचते गाते समय के। एक चित्र मर्दाने वेश का भी।

सुन्दर लाल नज़र गड़ाये हुए उसे देखते और अपने नोट बुक में कुछ नोट करते रहे। जान पड़ा, कविता के लिये सामग्री संग्रह कर रहे हैं।

बांदी से आवश्यक बातें पूछ कर हीरा बाहर बैठक में आई। सुन्दर लाल का आग्रह आँखों के रास्ते निकल कर हीरा के मुँह पर छा गया। लेकिन उसके वैमनस्य से टकरा कर अलग हो गया। सुन्दर लाल के मन की कामनीय कल्पनाएं अपनी अपनी बारी से हीरा के स्वागत के लिये गईं, परन्तु जेठ के आगे अचानक पड़ी हुई बहू की भाँति लाज से घूँघट में मुँह मूँद कर चली आईं। सुन्दर लाल पतिङ्गे की तरह उस आग में जलना चाहते थे, पर शीशा लगा था, घुस न सकते थे।

हीरा तीन मिनट तक चुपचाप खड़ी रही, जैसे उनके वार झेलने के लिये पहले से तैयार होकर गई थी। समुद्र को इतना शान्त देख कर मल्लाह समझ गये कि जल्द तूफ़ान उठने वाला है। मेघों का गरजना बन्द हुआ, हवा धीमी पड़ी, सटे बादलों में पहले का आसमान देखने का ज़रा-सा छेद नहीं रहा; लोग समझ गये, वर्षा ज़ोरों की होगी।

"सुन्दरलाल जी,"

इतना कह कर हीरा सँभल गई। भीतर का भाव शब्दों से बाहर हुआ चाहता था। उसे भाव पर अधिकार रखने की आदत थी। कितने मूर्खों को सहाने के नाम से सोहनी

सुनाई और इनाम लिया। सहज स्वर से पूछा, "आपके मित्र नहीं आये ?" न आग्रह प्रकट हुआ, न लापरवाही। उसने सुन्दर लाल को जाँच करने का मौका भी नहीं दिया, झट पानदान से पान निकाल कर पहले की तरह बनावटी भाव दिखलाते हुए, उनकी तरफ़ हाथ बढ़ाया। पान लेकर सुन्दर लाल अपने श्रेष्ठताभिमान में फूल कर, बोले "कहते थे, 'हम बदनामी से डरते हैं।' हम ऐसे मनुष्य को मनुष्य नहीं समझते,—मामूली पढ़ा आदमी !"

हीरा की दृष्टि का सुन्दरलाल के अङ्गों में कड़ा पहरा था, जैसे झूठ में सच की तलाश करना चाहती थी। उसने 'बदनामी' को ध्यान से सुना। फिर अनमनी हो गई, थोड़ी देर के लिये।

सुन्दरलाल—"गाना कब से होगा ? अभी तो साजिन्दे भी नहीं आये।"

हीरा—"शायद आज गाना न होगा। साजिन्दे पुखराज के घर गये हैं। मेरी तबियत अच्छी नहीं। आप के मित्र ऐसे हैं, मैं जानती तो हरगिज उन्हें न बुलाती। उस दिन कहीं से भटक कर आ गये थे जान पड़ता है। कहाँ रहते हैं ?

सुन्दरलाल—यहीं, कलकत्ते में।

हीरा—तो वहीं रहते होंगे जहाँ कूड़ा फेंका जाता है।

कह कर हीरा मुस्कराई।

सुन्दरलाल—नहीं, रहते तो बड़ी अच्छी जगह हैं, ३ ग्रे स्ट्रीट में। उनका स्वभाव ही ऐसा है।

हीरा—कह तो नहीं सकती, पर मेरी तबियत आज अच्छी नहीं; लेटी थी, आप के आने से उठ कर चली आई।

सुन्दरलाल—अच्छा अच्छा, आप आराम कीजिये।

सुन्दरलाल को बिदा करने में हीरा की तरफ़ से कोई त्रुटि नहीं हो पाई। जब तक वे आँख की ओट नहीं हो गये, हीरा खिड़की के पास खड़ी रही। उनके चले जाने पर, ३ ग्रे स्ट्रीट लिख लिया।

(४)

एक अरसा गुज़रा। सुन्दरलाल के मित्र बीमार पड़े थे। दो दिन से अच्छे हैं। पलंग पर बैठे विचार में ग़ोते लगा रहे हैं—

"बीमारी के वक्त बुलाने पर भी सुन्दरलाल नहीं आये। नौकर जाता था तो बहाना बना कर टाल देते थे। अगर नाराज़ हों तो वजह नहीं समझ में आती। टेढ़े पड़ने का कोई और कारण हो तो अच्छा हो लूँ, फिर पूछ लूँगा। अभिन्न-हृदय मित्र, दुःख के दिनों में मुँह फेर लें, चिन्ता की बात है। परन्तु मेरी बीमारी के समय से रोज़ शाम को जो नौजवान सिक्ख अमर सिंह आता है, इरादे का पक्का और सच्चा मित्र जान पड़ता है। शाम को रोज़

डाक्टर बुला लाता था, नुस्खा लेकर बाज़ार से दवा ले आता था, ठीक समय पर पिलाने के लिये नौकर को कितना समझाता था और बातचीत से मेरा दिल बहलाये रहता था—कितनी ख़बरें सुनाता था। जान पड़ता है, सम्बाद-पत्र बहुत पढ़ता है। शाम हो गई, आता होगा।"

मालिक की गम्भीर मुद्रा देख कर भजना को ख़बर देने की हिम्मत नहीं पड़ती थी। एक कदम बढ़ता था तो दस कदम बढ़ जाने के समय तक उसी जगह खड़ा मालिक का मुँह ताकता रहता था। दिल मजबूत करके कुछ बढ़ता था तो फिर ठिठक कर ठहर जाता था। बाहर अमर सिंह आज्ञा की इतनी प्रतीक्षा नहीं कर सके। बारीक आवाज़ से जवांमर्दी का नारा बुलन्द करते हुए बोले—"क्यों भजना, बाबू जी सोते हैं क्या ? सोते हों तो खींच ले पकड़ कर चद्दर। अभी आज पथ्य दिया गया और ज़रा देर नहीं बैठे कि हाज़मा न बिगड़े, लेट गये।"

इस आवाज़ ने चिन्ता के द्वार की ज़ञ्जीर इस जोर से खटखटाई कि चिन्ता देवी को कान के सूराख से बाहर निकलना पड़ा। चौंक कर मालिक ने भजना की गजेन्द्र-गति देखी, बिना पूछे नहीं रहा गया—क्यों रे, पैर रखता है या ज़मीन नापता है, यह अगवानी की चाल कब से सीखी ?" भजना के मन में आया, कहे—"जब से आप को ख़याली पुलाव पकाने का शौक़ हुआ," लेकिन सभ्य-

समाज के शिष्टाचार-पालन का उसे कुछ अभ्यास पड़ गया था, इसलिये उजड्ड आज़ादी के अलफाज़ थूक के घूँट के साथ उसे गले के नीचे उतारने पड़े।

उसने कहा—"अमर सिंह जी देर से खड़े हैं।"

"देर से ? उन्हें अब रोकना नहीं।"

(५)

अमर सिंह सिक्ख तो हैं, पर कद के उतने लम्बे नहीं। इन्हें हिन्दुस्तान के दूसरे लोग तो नहीं, पर सिक्ख ज़रूर बौना कहेंगे। इनके कद की लम्बाई बालों ने ले ली है। अगर सिक्ख इनसे बालिश्त भर ऊँचे निकलेंगे, तो इनके बाल अपनी बिरादरी में सानी नहीं रखते, कम-से-कम पूरे दो हाथ ज्यादा लम्बे निकलेंगे। बहादुर नौजवान को बालों के बोझ से तकलीफ मिलती है या नहीं, इसकी मैंने तहक़ीक़ात नहीं की, पर यह ज़रूर है कि बालों पर डटे रेशमी साफ़े के नीचे चाँद का टुकड़ा गोरा-गोरा मुखड़ा दबता नज़र आता है। साफ़ा क्या, पूरा थान लपेट लिया है। आते ही उन्होंने पूछा, क्यों साहब, आप कैसे हैं ?

"अच्छा हूँ; आपको किन शब्दों में धन्यवाद दूँ ? ऐसा शब्द नहीं मिलता जिससे कृतज्ञता प्रकट करूँ; आपने मुझे सदा के लिये मोल ले लिया।"

"रखिये तह कर। चार दिन में भूल जाइयेगा। फिर ऐसे मुँह फेर लीजियेगा जैसे कभी की पहचान न रही हो।

सच कहता हूँ, अपनी इतनी उम्र में दुनिया के बहुत रङ्ग देख चुका। आप परमात्मा के कृतज्ञ हूजिये जिनकी कृपा से खड़े हुए।"

"परमात्मा के कृतज्ञ सभी हैं—भलाई में भी और बुराई में भी। सच पूछिये तो परमात्मा की दोहाई देना एक चाल हो गई है, जैसे तकिया-कलाम होता है। परमात्मा को किसी ने देखा नहीं, सिर्फ़ सुना है; सुनते सुनते लोग संस्कार की रस्सी में बँध गये हैं और बात-बात में परमात्मा की रट बाँधते हैं। मैं इसे ऐब समझता हूँ। यों, निर्विकार ईश्वर मानना पड़ता है, पर उसे किसी की बधाई की क्या अपेक्षा और गलतियों की क्या परवा? जहाँ भले-बुरे का प्रसङ्ग है वहाँ परमात्मा को घसीटना अन्याय है; भले और बुरे में किसी का हाथ है तो मनुष्य का, निन्दा और प्रशंसा का पात्र मनुष्य ही बनाया जा सकता है।"

"आप बड़े विद्वान जान पड़ते हैं। परमात्मा की बात-चीत में दखल देना मेरे लिये मूर्खता का परदा फाश करना है; पर इसमें सन्देह नहीं कि आदमी आज जो कुछ कहता है, कल उससे बदल जाता है। क्या इस विषय को लेकर आपके दर्शनकारों ने बाल की खाल नहीं निकाली? लेकिन रहने दीजिये, आप बोलने लगते हैं तो घन्टों दम नहीं लेते। अभी आप कमजोर हैं, दिमाग में गर्मी छा जायगी। हाँ, उस दिन आपने क्या नाम बतलाया था?—भूल गया।"

" एक नाम भी आप बार बार भूल जाते हैं। "

" नाम है या संस्कृत शब्दों की पंचलड़ी ! इसीलिये मैं अपने दिये नाम से आपको पुकारा करता हूँ।"

" आपका पंचलड़ी शब्द भी अच्छा रहा ! ज़रा कुछ ज़नानापन आ गया है।"

" आपमें मर्दानापन भी है ? ज़नानापन की गवाही तो आपकी शक्ल देती है। आपके नाम में जितना मर्दानापन है या कहिये जैसा भारी-भरकम नाम है, वैसा ही ज़नानापन आपके चेहरे में लोगों को मिलता है।"

" आप नहीं समझे, इसे लावण्य कहते हैं।"

" लेकिन इसकी जरूरत तो स्त्रियों को होती है, मर्दों को तो जवांमर्दी चाहिये। "

" जवांमर्दी से आपका मतलब कसाइयों की सी सूरत बना लेने से तो नहीं ? अगर ऐसा है तो आप मतलब नहीं समझे। जिसके मन में जैसी भावनाएं होती हैं, उसका रूप वैसा ही बन जाता है। अगर मेरे चेहरे पर कठोरता के चिह्न नहीं नज़र आते तो समझना चाहिये, मैं मनुष्यता के बाधक विचार नहीं किया करता, बल्कि ऐसे विचार किया करता हूँ जिसका प्रकाश मेरे चेहरे पर रहता है। "

" अच्छा, अपना नाम बताने के साथ यह भी बताने की कृपा कीजिये कि वे कैसी कमनीय कल्पनाएं हैं। जिनकी उधेड़बुन में आपने अपनी ज़नाना सूरत बना डाली ? "

" मेरे पिता संस्कृत के भारी पण्डित थे। उन्होंने मेरा नाम जानकी-वल्लभ-शरण-विहारी रक्खा। पर लोग मुझे विहारी ही कहते हैं।"

" आप हैं भी बिहारी।"

" हाँ, मुझे बिहारी होने का गर्व है जैसे बङ्गालियों को बङ्गाली होने का, मद्रासियों को मद्रासी होने का,— "

" अर्थात् विशेषता कुछ नहीं रही, जैसे किसीको कुछ होने का।"

" ख़ैर, मैं देखता हूँ, हर मनुष्य में, बल्कि हर जीव में प्रेम की धारा बहती है।"

" सो तो बहती है। आप देखते हैं, इतनी ज्यादती है या कहना चाहिये, आप बिहारी हैं इसलिये ख़ास तौर से देखते हैं।"

" गम्भीर विषय में मज़ाक़ अच्छा नहीं। मैं उसी धारा में, उसी आनन्द में डूबा रहता हूँ।"

" मुझे विश्वास नहीं। मुझे जान पड़ता है, आप झूठ कह रहे हैं। आप उस सिद्धान्त की बात करते हैं जिसका प्रमाण आप नहीं दे सके।"

" क्यों, प्रमाण पर ही तो बहस छिड़ी; प्रमाण मुँह है।"

अमरसिंह ने मुस्कराकर आँखें फेर लीं। कहा,

"इसका प्रमाण अपना मुंह नहीं हो सकता, दूसरे का हो सकता है।"

दोनों की मुस्कराती हुई आँखें एक हो गईं।

अमरसिंह ने कहा, "मैं आपको प्यारेलाल कहा करूंगा। बिहारी कहूँगा तो दूसरे फबतियाँ कसेंगे।"

उसी समय मेज़ पर निगाह गई। एक नई पत्रिका दिखी। उठा ली। माधुरी थी। अमरसिंह पन्ने उलटने लगे।

प्यारेलाल ने पूछा, "माधुरी आपके यहाँ नहीं आती ?"

"आती है।"

"फिर क्यों पन्ने उलट रहे हैं ?"

"एक कविता निकली है, आपको दिखाने के लिये।"

"कौन सी।"

"यह, यही तो एक कविता इस बार छपी है।"

"हाँ, बड़ी अच्छी है। मैं पढ़ चुका हूँ।" प्यारेलाल ने अमरसिंह की खोली कविता पर निगाह डालते हुए कहा।

"कविता वियोग-शृङ्गार पद है।" अमरसिंह ने सीधे तौर से कहा।

"नहीं, मेरा ख़याल है, कवयित्री के हृदय के भाव हैं, तभी इतनी चोट करते हैं"

"मेरी तो ऐसे रोने-धोने से सहानुभूति नहीं होती।"

"पर चीज़ बहुत बढ़िया बन पड़ी है। भाव बहुत सही उतरा है। शब्द की कहीं कोई फांस नहीं। मैं एक आलोचक की दृष्टि से कहता हूँ।"

"इस मामले में मेरे आलोचक की दृष्टि आप नहीं समझते।"

"आपको व्यङ्ग्य पसन्द है?"

"पसन्द मुझे अस्ल में सब कुछ है या कुछ नहीं। व्यङ्ग्य पकड़ में आता भी है?"

"क्यों नहीं?"

"मैं तो देखता हूँ, नहीं आता।"

"यानी मैं व्यङ्ग्य नहीं समझता?"

"यानी मुझे साफ़ साफ़ कहना चाहिये कि आप सर्वज्ञ हैं।

"नहीं, सर्वज्ञता की बात नहीं, पर भले-बुरे की पहचान हो जाती है, यह रचना प्रथम श्रेणी की है।"

"अच्छा, पत्रिका मुझे दीजिये, मैं अपने एक प्रोफेसर से पूछूँगा।"

"अभी तो आपने कहा था कि आपके पास पत्रिका आती है?"

"पर मैं साथ तो नहीं ले आया? यहां से चलते समय प्रोफ़ेसर साहब से मिलता जाऊंगा।"

"अर्थात् मेरी बात पर आपको विश्वास नहीं? आप

क्या मालूम करना चाहते हैं—छन्द, रस, अलङ्कार, ध्वनि ?"

"यानी आप ख़ुद सब कुछ बतलाएँगे, पर पत्रिका नहीं देंगे।"

"अभी मैंने पूरी पढ़ी नहीं।"

"अच्छा, इसकी लेखिका हीरा कौन हैं ?"

"प्यारे लाल कसमसाए। अमरसिंह निगाह गड़ाये देखते रहे। कुछ देर बाद कहा, "अच्छा, पढ़ लीजिये, फिर ले जाऊंगा।

प्यारेलाल अनमने थे। अमरसिंह बिदा हुए।

(६)

कई दिनों से प्यारेलाल अच्छे हैं। शाम को अमरसिंह आते हैं, ग़पशप करते हैं, चले जाते हैं। प्यारेलाल अमरसिंह की सेवा की जितनी तारीफ़ करते थे, आजकल उनकी भोली सूरत पर उतने ही ललच पड़े हैं। अमरसिंह का चेहरा उनके दिल की तस्वीर से मिलता-जुलता है। पहले वे अमर सिंह की सेवा को जिस पवित्रता से देखते थे, अब चेहरे को उसी पवित्रता के विचार से देखते रहते हैं। उन्हें बड़ी तृप्ति मिलती है, एक प्रकार की शक्ति भी ऊपर को उठती हुई उन्हें ऊंचा उठा देती है। उन्हें यह मालूम नहीं हुआ कि इस तरह पवित्रता-दर्शन से कामना के चेहरे पर पड़ा नक़ाब उठता गया। वह कामना भयङ्कर न होकर

भी भयङ्कर थी। उससे खतरे में पड़ने की संभावना थी। वह जान बूझ कर आसक्ति से मित्रता थी। उससे ब्रह्मचर्य की जड़ भी कटती थी। पर प्यारेलाल यह नहीं समझ सके। वे रूप की लालसा, सौन्दर्य के मोह को साहित्य समझे, जिससे एक दुर्बल हृदय बाहर खिंचा आ रहा था, आँखों की राह से निकल कर एक अतृप्त अभिलाषा बाहर की वस्तु पर सर पटक रही थी। जब दृष्टि सुन्दर से लिपटती है, तब कुत्सित से हट जाती है उसे अवज्ञा का धक्का मारती हुई। यही भ्रम है। प्यारेलाल यह नहीं समझे। वे अमरसिंह को जितनी देर के लिये पाते थे, उतनी देर तक चाह भरी दृष्टि से उन्हें देखते रहते थे; कभी आँखों की, कभी होठों की, कभी हृदय में अमृत घोल देनेवाली बातचीत की, और कभी प्रकृति के कोमल हाथों से सजाये उनके हर अंग से निकलते लावण्य की मन-ही-मन प्रशंसा करते थे।

कल शाम को अमरसिंह नहीं गये। न जाने का कोई कारण नहीं था। मित्रता गहरी थी। प्यारेलाल बैठे इन्तजार करते सोचते रहे, कहीं अटक गये होंगे, आते होंगे। पर दस बजे रात तक अमरसिंह नहीं गये। हताश होकर भोजन-पान करके प्यारेलाल लेटे। देर तक नींद नहीं आई।

सुबह को अख़बार वाला दैनिक स्वतन्त्र दे गया। शुरूवाले पृष्ठ पर बड़े बड़े अक्षरों में लिखा था—

"ईडन गार्डन में हत्याकाण्ड"

"एक साथ दो खून"

"मिस्टर हाग के कलेजे में छुरी भोंकी गई और हीरा के सिर में गोली लगी।"

हीरा नाम पढ़ते ही प्यारेलाल चौंक पड़े। बड़ी उत्सुकता मजमून पढ़ने की हुई। पढ़ने लगे। मजमून थोड़ा था। लिखा था, "मिस्टर हाग ब्रोन एण्ड कम्पनी के मैनेजर थे और हीरा १३, न्यू स्ट्रीट, कलकत्ता, की प्रसिद्ध बाई। अब तक इतना ही पता चला है। खून क्यों हुआ, पुलिस इसकी तहकीक़ात कर रही है। स्त्री-पुरुष के खून में दोनों के चरित्र का अनुमान किया जाता है। अनुमान से बलात्-कार की गवाही मिलती है, क्योंकि हीरा के हाथ में छुरी थी। विपत्ति में पड़ कर, जान पड़ता है, उसने छुरी चलाई। घायल होने पर, मरने से पहले, साहब ने फ़ायर किया। तमंचा सात गोलियों का है। एक गोली छूटी, छः भरी हुई मिलीं।"

पढ़ने के साथ प्यारेलाल के सिर से पैर तक, नस-नस में बिजली दौड़ने लगी। सँभलने की लाख कोशिशें कीं, पर एक न चली। समाचार की नींव पर मन गढ़न्त की तरह तरह की दीवारें उठाते ढहाते रहे। मुख पर भिन्न भिन्न भाव की रेखा खिंचती रही। पर कोई निश्चय नहीं होता था। उनके अपने एक भाव में मन बालक की तरह मचल रहा था। अन्तस्तल की व्यक्त और अव्यक्त, सुप्त

और जाग्रत सभी प्रकार की वृत्तियाँ हीरा की मृत्यु का विरोध कर रही थीं। उभड़ते उच्छ्वास में कोई उत्तर नहीं मिल रहा था। साहब के अत्याचार पर प्यारेलाल को विश्वास हो गया। उन्होंने निश्चय किया, हीरा निर्दोष थी। रह रह कर हीरा के आचरण से उन्हें गौरव का अनुभव होता था।

इसी समय नौकर एक खत लेकर आया। प्यारेलाल पढ़ने लगे, लिखा था—

"पत्र पाते ही मिलो। कैसा ही काम हो, छोड़ कर पत्रवाहक के साथ चले आओ। अधिक और क्या ?—

तुम्हारा

अमरसिंह"

घोर घटाओं से घिरी अंधेरी रात में राह चलने के लिये चिट्ठी बिजली का काम कर गई। लेकिन उसका कौंधना बन्द होते ही पहले से चौगुना अँधेरा आँखों के आगे छा गया।

प्यारेलाल जिस सादे पहनावे से मकान में थे, उसी से चल पड़े। आगे आगे पत्रवाहक, पीछे पीछे प्यारेलाल। सड़कें और गलियां पार करते हुए न्यू स्ट्रीट पर पहुँचे। मोड़ पर न्यू स्ट्रीट पढ़ कर प्यारेलाल एक दफ़ा सन्नाटे में आ गये। फिर सँभल कर आगे बढ़े। फिर पत्रवाहक को हीरा के मकान के अन्दर जाते देख कर प्यारेलाल बड़े

तअज्जुब में आये। कुछ समझ में नहीं आ रहा था। यन्त्र की तरह पैर रखते गये। एक दासी ऊपर से नीचे उतरी और प्यारेलाल को साथ ले गई।

(७)

चारों ओर सन्नाटा है। कमरे में उदासी की स्याही-सी फिरी हुई है। कुल खिड़कियां बन्द हैं। सारी सजावट पर काली चादर का एक गिलाफ़-सा पड़ा हुआ है। कौच पर एक युवक बैठा कुछ सोच रहा है।

प्यारेलाल कमरे में गये। सन्नाटे में प्यारेलाल की पिंडलियों में कंपकपी छुट गई। देह में ऐसी जड़ता समाई कि चेहरा उतर गया। प्यारेलाल को युवक ने एक दूसरे कौच पर बैठाया, फिर खुद भी बैठ गया।

प्यारेलाल—अमरसिंह ?

अमरसिंह—हां।

रोते हुए अमरसिंह का गला बैठ गया था। आवाज़ भारी थी। इसी से शोक की सूचना मिलती थी। उनके दुःख से प्यारेलाल के हृदय में सहानुभूति नहीं आई। उन्हें सन्देह हुआ। हीरा की याद आई। कुछ देर सोचते रहे। सांस छोड़ते समय उनके विचार की समाप्ति हो गई या लड़ी टूट गई, हम नहीं कह सकते।

प्यारेलाल ने पूछा, "क्यों अमरसिंह, आज अखबार में पढ़ा, हीरा का खून कैसे हुआ ? और तुम भी यहां कैसे

आये ? क्या हीरा से पहले की कोई जान-पहचान थी ?"

प्रश्नों में भाव-परीक्षा की तीव्र गति थी, पागल की नसों में बहती रक्तधारा की तरह प्रबल। तट पर सिर पटकती तरङ्गों की तरह, श्रोता के मन में सन्देह के धक्के लगते थे। अमरसिंह को समझते देर नहीं लगी। वे बोले, "प्यारेलाल! (शोक की स्याही पर थोड़ी देर के लिये आँखों के एक कोने से दूसरे तक लज्जा की लाल रेखा खिंच गई)—ऐसे प्रश्न से तुम्हारा मतलब ?"

प्यारेलाल (सन्देह की दृष्टि से देखते हुए)—मतलब कुछ नहीं, यों ही पूछा। क्या तुम्हें बताने में एतराज़ है ?

अमर सिंह—अब जब वह है ही नहीं तब अकारण क्यों उसका प्रसङ्ग उठाते हो ?

प्यारेलाल कुछ उत्तेजित हो गये, कहा, "कैसी मित्रता कि मैं तुमसे एक बात पूछूँ और तुम टालते जाओ।"

अमर सिंह—अच्छे समय मित्रता की आड़ लेते हो। तुम्हारी मेरी मित्रता से हीरा से सम्बन्ध ? तुम्हारी मित्रता मुझसे है या हीरा से थी ?

प्यारेलाल से कोई जवाब न दे आया।

अमर सिंह—मैंने सिर्फ़ एक दृश्य दिखाने के लिये तुम्हें बुलाया था।

प्यारेलाल—तुम तो ऐसे बदले—

अमर सिंह—मैं ज़माने से अलग नहीं। ज़माना

बदलता जाता है।

प्यारेलाल—अमर सिंह, तो क्या इस तरह मेरा अप-मान करने के लिये मुझे बुलाया था ?

अमर सिंह—मेरी समझ में नहीं आता कि तुम्हारा अपमान कौन सा हो गया।

कह कर अमर सिंह मुस्कराये। प्यारेलाल के सिर से पैरों तक आग लग गई। झुँझला कर बोले—किसका कहना आँख के सामने आया—"विश्वस्तं नाति विश्वसेत्।"

अमर सिंह—यह सहजोक्ति तुम मुझ पर क्यों लाद रहे हो ? अच्छी तरह देखोगे तो अपने को इसका प्रमाण पाओगे।

अमर सिंह फिर मुस्कराये। मारे क्रोध के प्यारेलाल का चेहरा फिर लाल पड़ गया। ग़ुस्से में आकर उठ पड़े और कहा, "अब मैं जाता हूँ। एक की जान गई, और तुम्हें शर्म तो है नहीं, उसके घर पर बैठ कर हँसी उड़ाते हो। तुम्हारी मित्रता का मुझे अब पता चला।"

अमर सिंह—मैं तुम्हें धन्यवाद देता हूँ कि तुम बात के एक ही धनी निकले। क्यों साहब उस दिन मैंने कहा था कि ये बातें भूल जायँगी। मतलब निकलने के बाद लोग मुँह फेर लेते हैं।

प्यारेलाल लज्जित हो गये। अमर सिंह ने हाथ पकड़ कर उन्हें फिर बैठाला। आग्रह की कोमल दृष्टि मुख पर

फेर दी। कुछ देर कमरे में सन्नाटा रहा। प्यारेलाल के हृदय में अमर सिंह और हीरा के नाम उठ उठ कर फिर खलबली मचाने लगे। एकाएक उत्तेजना बढ़ गई। प्यारेलाल ने अमर सिंह की कलाई पकड़ ली, परन्तु फिर न जाने क्या सोच कर छोड़ दी। आज ही प्यारेलाल को आग्रह की आन्तरिक पीड़ा का अनुभव हुआ था। पूछा, "अमर सिंह, तुम यहाँ कैसे आये ? हीरा से क्या कोई पहले की जान-पहचान थी ?"

अमर सिंह—हां, थी।

किसी ने प्यारेलाल का कलेजा पकड़ कर मसल दिया।

प्यारेलाल—कैसे हुई ?

अमरसिंह—उस समय वह कानपुर में रहती थी।

प्यारेलाल—कानपुर में कहाँ ?

अमरसिंह—मूलगंज में।

प्यारेलाल—क्या करती थी ?

प्यारेलाल की हालत ऐसी हो गई जैसे कोई भूली बात याद कर रहे हों।

अमरसिंह—करती क्या थी, पढ़ती लिखती थी। इसकी एक छोटी बहन थी शान्ता। पिता मालदार थे। कलकत्ते में भी कारोबार था। कुछ दिनों बाद पिता का देहान्त हो गया। माँ लड़कियों को कलकत्ते ले आईं। दोनों

को गाना-बजाना भी सिखाने लगीं। रूप और सम्पत्ति दोनों के लोभ में लोग इन्हें बरबाद करने की सोचने लगे। ये बड़े लोग ही थे, समाज में जिनकी इज्जत है। छोटे लोग इनके आज्ञाकारी थे। यहाँ का इतिहास संक्षेप में समाप्त करता हूँ। इनकी माँ की भी अकाल मृत्य हुई। सम्पत्ति नष्ट हो गई। हीरा के लिये धानिकों के जाल बिछने लगे। मुसीबत पर मुसीबत का सामना उसे करना पड़ा। उसने अपनी इज्जत बचाई। पर रोटियों के सवाल से बचाव नहीं हुआ। उसने परवा नहीं की। गाना बजाना जानती थी। नेक लड़की की तरह गाना गाकर रोटियाँ कमाने लगी। उसके बूढ़े उस्ताद उसके चरित्र के गवाह हैं और उसे मुसीबत के दिनों में राह दिखाते और बचाते भी रहे हैं। शान्ता की पढ़ाई जारी रही। वह बेथून कालेज की छात्रा थी।

अमर सिंह का गला भर आया। आँखों से आँसू टपकने लगे। प्यारेलाल कुछ समझ नहीं सके कि शान्ता के प्रसङ्ग से अमर सिंह रोने क्यों लगे। पूछा—"छात्रा थी तो क्या अब पढ़ना छोड़ दिया है? बहन की इस घटना में उसे बड़ी चोट पहुँची होगी। क्या उसे मैं देख सकता हूँ?"

"नहीं।" आँसू पोंछते हुए अमर सिंह ने कहा, "आप को कुछ देर बाद सही हाल मालूम हो जायंगे। मैंने एक पत्र आप के लिये लिख रक्खा है। अपने डेरे चल

कर पढ़ियेगा और मेरी आज की अस्वाभाविकता के लिये क्षमा कीजियेगा।"

यह कह कर अमर सिंह ने एक पत्र प्यारेलाल को दिया। पत्र पढ़ने की उत्सुकता से प्यारेलाल जल्द जल्द बिदा हुए। अपने डेरे पहुँचने से पहले ही खोल कर पढ़ने लगे। लिखा था—

"प्यारेलाल,

मैं अपने को कृतार्थ समझती हूँ कि तुम मुझे चाहते हो। यहाँ तुम जिस अमर सिंह से मिले वह मैं हूँ। वहाँ तुमसे जो अमर सिंह मिलते थे वह शान्ता थी। दम निकलते समय शान्ता ने घर के पते के साथ मेरा नाम कहा था। मतलब, वह मेरे मकान में रहती है। आगे अपना नाम और बाकी बातें कह नहीं सकी। बोल बन्द हो गया। सम्वाद-पत्र की खबर के बाद मुझे देख कर, तुम चौंकोगे! सन्देह करोगे, इस लिये दुःख से मुझे अमरसिंह के कपड़े पहनने पड़े। कल सम्वाद पत्र में सही खबर छप जायगी।

तुम्हारी हीरा"*

---

* यह मेरी पहली कहानी है १९२२ ई० में 'मतवाला' के कई अङ्कों में निकली थी। यहाँ काट छांट के साथ दी गई है।

—निराला